お見合い夫婦は契約結婚でも極上の愛を営みたい

～策士なドクターの溺愛本能～

m a r m a l a d e b u n k o

白妙スイ

マーマレード文庫

目次

お見合い夫婦は契約結婚でも極上の愛を営みたい
～策士なドクターの溺愛本能～

お見合い夫婦は契約結婚でも極上の愛を営みたい

～策士なドクターの溺愛本能～

第一章　敏腕外科医

「……では、これで本日の診察はすべて終了です」

涼しい目元を、にこ、と優しく細めて告げた医師の言葉に、明菜《あきな》はほっとした。

その気持ちは、付き添いとして立っていた明菜の前で彼の話を聞いていた車椅子の祖母も同じであったらしい。

「先生、ありがとうございました」

深々とお辞儀をする祖母と共に、明菜も「ありがとうございました」と頭を下げた。

「お大事になさってくださいね」

黒髪を持ち上げて綺麗に整え、勿論白衣。精悍な印象の彼はやはり微笑を浮かべ、退室する明菜と祖母を見送ってくれた。

「優しい先生で良かったねぇ」

診察室から出て待合室へと戻りながら、明菜の祖母・サエは明るい声で言った。車椅子を押す明菜も同意する。

「うん。代わりの先生って言ってたけど、説明もわかりやすかったよね」

今日の診察は、祖母がはじめにこの病院にかかったときとは別の医師だったが、好印象の男性で、二人ともそれに安堵したものだ。

戻ってきた待合室は静かだった。会話をしているひとたちもちらほら見られるけれど、みんな、声をひそめて話をしている。

「おばあちゃん、あっちで待とうか」

明菜は車椅子を押して、端のほうの椅子へ向かった。

今日は祖母の足を診てもらうために、ここ、改寿《かいじゅ》総合病院へやってきていた。しばらく前に、自宅で転んで足首を骨折してしまい、元々は近所の整形外科で診察や治療を受けていたのだが、高齢の身だ。大病院での検査を勧められ、紹介状を書いてもらって、総合病院にかかることになった。

現在の祖母は、ギプスを嵌めて車椅子生活。病院も一人で通院するのは難しい。

なので母がこれまで付き添っていたのだが、今日は都合が合わず、明菜が代わりになった。有休を使い、朝からタクシーで二人、病院へやってきた。

それで診てくれたのが先ほどの医師だ。「代理診察をすることになった、形成外科の辻堂《つじどう》です」と挨拶するときから既ににこやかで、親しみやすい笑みを浮かべた彼に、前回の医師が不在と聞かされて緊張していたらしい祖母も少し落ち着けたようだった。

「ありがとうねぇ、明菜ちゃん。お仕事を休ませてしまってごめんね」

待合室の端っこに車椅子を停め、明菜はかたわらのソファに腰掛けた。車椅子の上から、祖母は申し訳なさそうに言ったけれど、そんなこと、まったく構わない。

「そんなことないよ。今は忙しくないし。それより良くなりそうで良かったね」

明菜は祖母を安心させるように笑って言い、話を診察のことに戻した。

幸い、検査の結果は手術の必要がないとの診断だった。毎週通院してレントゲンを撮り、経過を見ていたところだが、今日の辻堂ドクターによると、もうすぐギプスも外れるだろうとの見立て。

そのあとはリハビリが必要になるとのことだったが、リハビリをしっかりすれば、まだまだ自分の足で歩けるという。

もう七十代も後半の祖母にとっては「歩けなくなるのではないか」というのが一番心配に決まっていただろうから、先ほど辻堂ドクターに「大丈夫ですよ」と太鼓判を押すように言ってもらえたのは、大きな安心になっただろう。

「本郷《ほんごう》さーん、本郷　サエさん」

しばらく小さな声で話をしているうちに、名前を呼ばれた。整形外科の受付からではなく、廊下のほうから待合室エリアへやってきた看護師である。

「はい、こちらです！」

明菜は慌てて立ち上がって向かおうとしたのだが、若くて笑顔がはつらつとしている女性の看護師は「ああ、そのままで」とそれを制して、向こうからこちらへやってきてくれた。

「本郷サエさん。次はリハビリテーション科で説明があります。少し移動しますね」

看護師の女性は、しゃがんで祖母に話しかけた。

この病院のひとたちはとても丁寧だ、と明菜は感じてしまう。

辻堂先生も、この看護師さんも、患者さんのことをよく考えているのが伝わってきて、良い病院で良かったな、と実感した。

向かったリハビリテーション科では、そちらの医師が祖母と明菜に詳しく説明をしてくれて、明菜は忘れないようにしないと、と思いつつ聞いていた。次回から付き添いはないとはいえ、帰って母に説明するためだ。

リハビリテーション科での説明や、今後の通院予定などの話も済み、あとは一階の総合会計で支払いをすれば、もう帰れる。

「早めに終わって良かったね、おばあちゃん」

車椅子を押しながらエレベーターへ向かう明菜の口調は明るくなった。

今日の病院、心配なことはひとつもなかった、と思って。

やはり病院という場所にかかるのは、自分がではなくてもちょっと緊張してしまうもの。だけど接してくれるひとたちがみんな、丁寧で優しかったから、そんな気持ちはもうなくなっていた。これなら次回以降も大丈夫だろう。

「ええ、もうすぐお昼ね。明菜ちゃん、お昼はおうちで食べるかしら？」

「うん。なにか作るよ」

「あら、悪いわねぇ、なにからなにまで……」

「そんなことないよ。なかなか実家に帰れないから、今日はお手伝いさせて」

このあとのお昼ご飯の予定なんて明るい会話をしているうちに、乗っていたエレベーターが一階に着いた。チン、と軽快な音が鳴る。

一階の廊下に出て、会計は正面玄関の近くだ。やってくるときも通ったところだから迷わない。明菜はちょっと周囲を見回しただけで方向を知り、そちらへ向けてゆっくり車椅子を押しはじめた。

そのとき、廊下の向こうからつかつかと軽快な足取りで歩いてくるひとがいた。

ぱりっとした白衣を着て、黒髪を持ち上げて……あら。

明菜は心の中で呟いてしまった。先ほどの辻堂ドクターだとすぐわかったのだ。

「……ああ、さっきの。本郷さんではないですか」

彼は、そばまで来てすぐに言った。たくさん診た患者の一組だっただろうに、名前で呼んでくれて、明菜は改めて感じ入ってしまった。

「先生、先ほどはお世話になりました」

「お世話になりました」

停まった車椅子の上から祖母は改めて深々とお辞儀をし、明菜もそれに続いて軽く頭を下げた。

「リハビリテーション科へ向かわれたのですね」

「ええ、そちらも無事済みまして」

辻堂ドクターと話しつつ、明菜はどこかほっとするのを感じていた。物言いが穏やかで、なのに話す内容はきっぱりしていて、すごく安心できるお医者さんだ、と思う。

「私は本日、代理で整形外科を診たもので、次回は別のドクターになると思いますが、よろしくお願いしますね」

すれ違っただけなのだ、話はすぐ終わった。

「はい！　本当にありがとうございました」

辻堂ドクターは明菜に微笑を向けて、祖母にもぺこりと礼をして、廊下の向こうへ歩き去っていった。かつかつと革靴の音が遠くなっていく。

「格好良い先生だねぇ」

元通り会計へ向かう途中、祖母が言ったことに明菜は笑ってしまった。

「確かにそうだけど、そんなところが気に入ったの？　おばあちゃん」

確かに辻堂ドクターは格好良かった。いわゆるイケメンである。

一重の目元は、すっとして涼しい印象。だが終始笑みを浮かべていたために、冷たくはない。

眉はきちんと整えられ、外見に気を使っているのが見て取れた。

真っ直ぐ通った鼻梁に、形の良い薄めのくちびる。

頬はごつめであるけれど、それすら男性らしく、強さを感じさせた。

診察室では椅子に腰掛けていたからわかりづらかったけれど、お互い立って話をしたときに気付いた。背も相当高い。すらりと長身で、それでいてしっかり筋肉がついている。

白衣をはじめ、服装も清潔感溢れていて、爽やかな印象があった。

「そりゃあ何歳になっても、いけめんさんに会えたら嬉しいさ」

「そうね」

いけめんさん、と表現されたことに、明菜はくすくす笑った。

こういう軽いやり取りをしながら帰れるのはすべて、先ほどの辻堂ドクターがくれた安心からなのだ、と実感してしまう。

会計を済ませ、カルシウム製剤やビタミン製剤といった何種類かの薬を受け取って、タクシーで帰路に就いた。

帰宅してからは実家で昼食を作り、祖母といただき、明菜にとっても久しぶりに実家や家族との時間を堪能できた、良い機会であったといえよう。

＊＊＊

本郷明菜、二十四歳。今のところ独身。

会社勤めをしているOLで、従業員数千人ほどのソフトウェア企業・三ツ橋《みはし》コーポレーションで事務職に就いている。決算期以外はそう多忙な職種ではなく、ほぼ毎日定時で帰れるような職場だ。

現在は両親と祖母の暮らす実家を出て、一人暮らし。子どもの頃は両親と祖母、その頃は存命だった祖父も加えて生活していて、一般的な家族構成の家庭だった。

ただ、明菜は父が少々苦手だった。医療機器を扱うメーカーに勤めている父親は厳格で、明菜をしっかり育ててくれはしたものの、あたたかい性格ではない。

それを補ってくれたのが母や祖父母であった。明菜に優しさや愛情をたっぷり与えてくれて、そのおかげで明菜は心優しく、素直な女性に育てたのだろう。

ストレートのロングヘアはあたたかなこげ茶色。サラサラの髪を背中に流した明菜は、跳び抜けて美人ではないけれど、くりっとした丸い瞳と、やや幼めの優しげな顔立ちが魅力的だと、ひとからも言ってもらえる。まぁ、十人並みくらいの容姿をした普通の若い女の子。

趣味もどちらかというと大人しいほうといえた。料理をするのが好きなのだ。

実家に暮らしていた頃から、家では食事をよく作っていたし、それで上達したのもあるのだろう。現在、一人暮らしをしているマンションでも、ほぼ毎日自炊生活をしていたし、手料理にはちょっと自信がある。

肉じゃがやカレーといった家庭料理は勿論、ちょっと手のかかる料理でいえば、ローストビーフや、生地から作る具だくさんのキッシュなどが定番。

その定番がなにに活きるかというと、たまに開催している手料理持ち寄りの女子会だ。学生時代の気心知れた女友達や、ときには職場の女子社員などとおこなっているのだが、手の込んだ明菜の料理は毎回好評だった。

仕事も、家のことも、人間関係も、現在は落ち着いている。

ただ、恋人……彼氏とは最近、あまり会えていなかった。

学生時代から付き合っている彼氏・佐戸《さと》雄大《ゆうだい》。大学の同級生。

付き合いはもう四年くらい。向こうも普通の会社員ながら、営業職なので忙しいと常から言っていた。最近はデートも間が空きがちで、明菜はそれを寂しく思っていた。

でも学生時代、気楽で時間もたっぷりあった頃とは違うんだから、普通だよ。

そんなふうに自分に言い聞かせていたけれど、それは強がりだったかもしれない。

明菜がそれを実感するのは、祖母と病院に行ってから一ヵ月も経たない頃だった。

＊＊＊

「ええっ、佐戸さんと別れたの!?」

話を聞いて目を丸くしたのは、会社で同期の女友達・山澤《やまさわ》真美《まみ》。

長い茶髪をいつもお洒落なまとめ髪にしていて、くっきりした目鼻立ちと長身を持つ真美とは大学時代からの仲。同じ会社に就職してからも、そばにいてくれる友達だ。

ある日の退勤後、明菜の元気がないと察したのか、「なんかあった？　良かったら聞くよ」と声をかけてくれた。

明菜はあまり気が進まない、と思ったものの、それを受けた。

まだショックは去らないけれど、ひとに聞いてもらったほうが気がまぎれるかもしれないし、思考の整理もできるかもしれないと思って。

それで会社近くのカフェに来て、話をしている。

「うん……」

まだ暑い折なので、オーダーしたのはアイスレモンティー。表面に浮かんだ輪切りのレモンを見つめながら、明菜は呟いた。

「ど、どうして？　大学の頃から付き合ってたのに、なんでいきなり……」

当然の疑問だ。二十代も半ばで、学生時代からのそれなりに長続きしている彼氏だったのだから、突然別れるどころか「あと二、三年もしたら結婚かな」なんて明菜はぼんやり考えていたし、きっと周りのひとたちも想像していただろう。

「………会社の女の子と……浮気、してたんだよ」

しばらく声が出てこなかったけれど、なんとか言った。

やっと出てきた声は掠れた。実感してしまって、胸もずくりと痛む。

そのあと、事の次第をぽつぽつ説明した。ひとに話したのは初めてだったけれど、口に出したことで、その事実が強く胸に迫ってきて、明菜の胸をじくじくと蝕んだ。

「そう、なんだ……」

明菜のおぼつかない声での説明を聞き終えて、真美は呆けながらひとことだけ言う。

信じられない。現実にこんなことがあるなんて。

きっとそんなふうに思っただろう。

「うん、それだけ。馬鹿みたいでしょ」

もうすっかり薄まってしまったレモンティーから顔を上げて、明菜は真美を見た。

心配そうな表情をしている彼女の顔が目に映る。

ああ、この子は今、ちゃんと私を見てくれている。心から心配してくれている。

真美の気持ちはその表情だけで伝わってきた。

「……辛かったね」

そんなことないよ、とか、ほんとに酷いね、とか。

かけてくれる言葉としては、ほかにもたくさんあっただろう。

でも真美が言ってくれたのはそれだった。

そしてきっとこれが一番、明菜の気持ちに寄り添ってくれる言葉だった。

言われて明菜の目の奥が、じわっと熱くなったのだから。

「……うん」

出てきたのは素直な気持ち。

『それだけ』や『馬鹿みたい』などの、強がるような言葉は消えた。

ぽたっとテーブルの上に雫が落ちた。

レモンティーが入ったグラスの横に、透明な涙が次々落ちてくる。

「これから明菜のうちに行っていいかな」

次に言われたことは、端的すぎてよくわからなかった。

明菜は濡れてしまった目元を指先で拭いながら、「うん？」と聞き返した。

「今日は私がおいしいもの、作ってあげる！　ケーキも買って帰ろうよ。明菜の好きなレモンレアチーズと、シュークリームと……、たくさん買おう！」

真美の顔は明るかった。それは作った笑みだったけれど、今の明菜にとっては、向けられてとても嬉しい表情だった。

「……真美のお料理、大雑把じゃない。前の女子会ではコショウ効きすぎてて、すっごい鼻にきたし」

くすっと笑ってしまった。堂々と「おいしいもの、作ってあげる」と言った割には、真美はそれほど料理が得意というわけではない。

それでも、どうしてそんなことを言ってくれたのかはわかるから。

「今度は入れすぎないからさっ。さ、早く行こう。ケーキ屋さん閉まっちゃうよ」

真美が急かしてくる。確かにそろそろ十九時も過ぎようとしていて、街中とはいえ、ケーキ屋さんはあと一時間もせず閉まってしまうだろう。

「ちょっと、待ってよ！」

明菜も慌てて席を立った。先に立って、さっさと行ってしまった真美を追いかける。

レジでお会計をして、外へ出た。

夏の終わりだ。夜なのに、むわっと熱気が漂ってくる。

でもその熱気も気にならなかった。このあとは独りではないから。

甘くて酸っぱいレモンレアチーズケーキ。

きっと少し味付けがおかしな料理。

そんなものをお供に、今日は彼女に話を聞いてもらおう。なによりあたたかくて、また、明菜を独りぼっちにしないという証のものになってくれるから。

第二章　契約結婚と再会

「ただいま、お母さん」

今日は久しぶりに実家を訪ねた。手土産に和菓子を提げた明菜は玄関に入る。母が穏やかな微笑で出迎えてくれた。

「おかえり。急に呼んで悪かったわね」

母の笑顔を見て、明菜は心癒されるような気持ちを味わった。母の早苗《さなえ》はおっとりした性格で、子どもの頃は、その接し方にとても安心できたものだ。

「おばあちゃんは？」

手土産を母に渡してから、明菜は同居している祖母のことをまず聞いた。母は奥へ向かいながら軽く答える。

「今日はリハビリなのよ。夕方迎えに行くわ」

「そうなんだ。じゃあ入れ違いになっちゃうかなぁ」

明菜も奥へ歩き出しながら、そう言った。

久しぶりに帰ってきたというのに顔も見られないというのは、ちょっと寂しい。

その気持ちを読み取ったように、母が提案する。

「夜までいればいいじゃない。お夕飯も食べていく？」

二人で台所に入る。まずお茶の支度だ。明菜は実家で暮らしていたときもそうしていたように、三人分の湯飲みを用意するために、食器棚を開けた。

「それにしても、残念だったわね」

母が不意に切り出したことに、どきっとした。

残念だった、の内容なんてすぐに思い至ったのだ。

「まぁ……そうだね。でももうだいぶ経つし。今は元気だよ！」

明菜は笑ってみせた。雄大との関係、別れることになった経緯。

話すつもりはなかったのだけど、ちょうど電話がかかってきて、おまけに「ゆうくんとは仲良くしてる？」などと聞かれたので、つい素直に話してしまった。

いや、学生時代から付き合っていて、一回、二回は母とも顔を合わせていたのだから、そのうち知れたことだろうけれど。

しかしもう一ヵ月近くは経つ。いつまでも引きずっていたくない。

明菜は話を変えるつもりで、別のことを話題に出した。

「それより、大事な話ってなぁに？　しかもお父さんからだなんて」

「うん……、それはお父さんから直接話すことになってるから」

母の返事はどこか濁ったようなものだったし、父から直接、という言葉にも明菜はちょっと警戒するような気になってしまう。

明菜の父・明《あきら》は『昔ながらの父親』という表現が似合うような堅物で、態度やしゃべり方も素っ気ない。

母や娘に対して優しくないわけではないが、仕事が忙しいこともあって家族サービスというものはほとんどなかったし、明菜は子どもの頃、それを寂しく思っていた。

好きか嫌いかといえば、実の父親であるし、育ててもらったのだし、大学まで出させてもらって、嫌いなはずはない。

でも母や祖母に対する穏やかな気持ちなどは到底感じられない。今でも接するときは少し緊張してしまうくらい。

母から「ここはもういいから、お父さんに挨拶してらっしゃい」と促された明菜はその例によって、心が張りつめるのを感じながら、リビングのドアを開けた。

「ただいま……」

「おかえり」

声をかけると、一番大きい肘掛け椅子にゆったり座っていた父が明菜を迎えた。ごつい顔立ちの父は、今日も笑顔のひとつさえ浮かんでいない。

リビングの真ん中にあるのは大きめのテーブル。ソファと肘掛け椅子が両脇に置かれていて、木の家具が壁沿いに配置されている。子どもの頃から変わっていない。

「ありがとう。お土産があるよ」

それでも明菜のほうは笑みを浮かべてみせた。返事などわかる、と思いながら。

「うん」

それだけだった。特に喜びもなければ、逆に負の感情もない。昔からこうだ。

父の向かいにあるソファに明菜は腰掛ける。早速話題に困ってしまった。父と二人きりでいたところで、明るく雑談をするというものではない。

でも黙っているのも間が持たない。明菜はなんでもない話を口に出した。

最近の仕事がどんなものかとか、先日、友達を家に呼んで女子会をしたとか。

父の返事はやはり素っ気なかった。「うん」と「そうか」で大体構成された相槌に、明菜は内心でため息をつく。

そのうち、リビングのドアが開いた。母が緑茶の湯飲みと、お皿に乗った羊羹を持ってきてくれたのだ。羊羹は明菜が手土産に持ってきたものである。

「ありがとう、お母さん」

明菜はソファを立ち、母がそれらをテーブルに分けるのを手伝った。

「この間、京都《きょうと》の緑茶をいただいたのよ。抹茶がブレンドされていて、とてもおいしいの。ねぇ、お父さん」

お茶の支度を終えた母は、父の隣にもうひとつ置いてある、同じ肘掛け椅子に腰掛ける。穏やかにそんなことを言って父に話を振ったけれど、父は「ああ」しか言わなかったし、「ありがとう」とも言わなかった。

しかしこれが普通だ。明菜には違和感も不満もなかったし、母もきっと同じだろう。

湯飲みと羊羹が行き渡り、お茶の時間となった。

明菜は早速、湯飲みを手に取り、ひとくち飲んだ。まだ秋に入ったばかりで空気は涼しくなりきっていないし、外を歩いてきたために喉が渇いていたのだ。

そのあとは羊羹に向かう予定だったけれど、その前に父が、お茶の支度に手も付けず、切り出した。

「明菜、いい話がある」

いい話と言われたのに、父の硬い表情と声色により、明菜の心は明るくなるどころか更に警戒に傾いた。こういうとき、明菜にとって良いことだったためしがないのだ。

「……なに？」

声にもはっきり警戒が滲んでしまっただろう。

「縁談を持ちかけられた。それも素晴らしい家柄の方からだ」

縁談……。

明菜の意識が一瞬、空白になる。言葉の意味がよくわからなかった。

この現代に、親から縁談と言われるなんて。

「どういうこと？」

明菜はなんとか口を開いた。もう羊羹どころではなかった。手に持っていた湯飲みも置いてしまう。

「取引先の病院に勤める方が、結婚相手を探しておられるそうだ。それで俺のところに話がきた」

父の勤める医療機器メーカーは、主に流通を担っている。その仕事上の関係や付き合いで『持ちかけられた』ということか、と明菜は推測した。

その明菜の前に父は、大学の卒業証書でも入れるような分厚い表紙のファイルを差し出した。なんなのかわからなかったが、開かれて気付いた。なにか色々書いてある。

学歴、職業、資格、趣味、特技……。

いわゆる『釣り書き』というものだ。本やドラマで見たことがある。

「素晴らしい方だ。職業は外科医、総合病院の勤務医をしてらっしゃる」

淡々と説明されていって、明菜はぼんやりとそれを見た。

学歴、慶長《けいちょう》大学。学部、医学部。

年齢、三十歳。趣味、ドライブ。

そのようなことが毛筆で丁寧に書かれていた。

ただ、肝心なものがなかった。名前と、それから写真だ。

それが一番重要だと思うけど……と明菜は思ったが、その気持ちを表情から読み取ったように、父があっさりと言った。

「名前で調べられては困るし、顔で判断されるのも同様に、だそうだ」

確かに理屈は通る。それ以上追及することはできなかった。

「良いお相手だろう。写真は渡せないということだが、俺は仕事で何度もお会いしている。眉目秀麗な方だ」

そう言われても、と明菜は困ってしまう。写真がない状態でそんなことを言われても信憑性などないし、そもそも顔でどうこうとも考えていないのに。

「ただ、少し条件がある」

ふと父が述べたのは妙なことだった。縁談だけでも明菜の立場、一般家庭の娘にはじゅうぶん『妙なこと』なのに、それを聞いた明菜は大きく目を見開いた。

「嫁いだあとに、少々、してほしいことがおありだそうでな。詳しくはこれに書いてあるが」

釣り書きには書類が入っていたようだ。一枚目をめくると、何枚かの紙があるのが見受けられた。

こちらは活字で書かれていた。パソコンで作成された文書のようだ。けれど、紙は分厚く、光沢があり、どう見ても大変丁寧に作られたものだった。

明菜は身を乗り出してそれを見たのだけど、冒頭の少しを読んだだけで、顔が強張るのを感じた。

其の一、家事一切を過不足なくおこなうこと。

其の二、誰に対しても貞淑な妻として振る舞うこと。

其の三、家の行事には必ず参加……。

いくつかの項目のあとには、硬い文章で詳細が説明されている。

最後に捺印欄がふたつ、設けられていた。

なにこれ、と思った。こんなものは、縁談とか結婚とかそういうものより……。

「契約みたいじゃない……」

呟いてから思った。そうだ、それだ。会社で見る契約書のようではないか。

「そんなはずはないだろう。良いお家の男性に嫁ぐなら、このくらいはするものだ」

なのに父はそう諭してくる。

そんなはずないよ。

明菜は心の中でぽつりと零した。

少なくとも、このようにつらつらと明記しておこなうもののはずはない。

「悪いけど、私、こういうのは……」

いい返事どころではない。気が向かないどころではない。

こんな、契約のように結婚させられるなんて御免に決まっていた。相手がどうこうより、この契約書を見て、明菜の心は拒絶に傾いてしまったのだ。

「なにを言う。それに今は交際相手もいないんだろう。ちょうどいいじゃないか」

しかし父が言ったことに、明菜の心は一瞬で凍り付いた。そんな明菜の様子も、内心も、わからないはずがない母が流石に見かねてか、父の袖を引いた。

「あなた……」

諫めるようなものだったけれど、父に対して効くはずもない。母の言うことを父が受け入れたことなど、明菜の知る限り、ないのだから。

明菜の胸の中、凍り付いたところから血が流れてきたような感覚が湧いてきた。

時間の経過や周囲の優しさでやっと癒えてきた、別れとその顛末でできてしまった傷。それを強く抉られたようなものだった。

「お父さんに関係ないじゃない！　こんなのは嫌！」

彼氏と別れたという話を自分で父にしたはずはないが、母から聞いたのだろう。

それについては母を責めるつもりはない。けれど……。

「嫌と言っても断ることはできないからな。しっかり読んで考え……」

「……っ、お父さんはいつもそう！　私の気持ちなんてお構いなしに、すぐああしろ、こうしろって！」

思わず言い返していた。父の言葉が途切れる。

そうだ、父は明菜が子どもの頃からこのような態度だった。家庭のことはほとんど顧みない割には、明菜の進学先、交際相手、就職まで、『こうしろ』と押し付けてくることのほうが多かったのだ。

「もう子どもじゃないのに、大人になってまでそうやって押し付けるの？　絶対に嫌だから！」

子どもの頃は厳格な父に萎縮して、意見を言えないことのほうが多かったけれど、明菜はもう大人だ。

それに顔すら見たことのない相手との結婚なんて。

おまけに契約書のようなものがくっついてくる類のものなんて。

「こんな話なら、もう帰る！」

限界だった。明菜は立ち上がり、かたわらのバッグを掴んで一歩踏み出した。リビングを出て、そのまま玄関へ向かう。

「明菜！　待ってちょうだい……！」

母が慌てて止めてくる声が背中に聞こえたけれど、返事もしなかった。

玄関を開けて、外へ出る。外はやってきたときと同じ、うららかないい陽気で、秋の綺麗な空が広がっている。

けれど明菜の心は雨でも降りそうなどころか、いっそ嵐に見舞われたようだった。

なんで、やっと忘れられそうなところだったのに。

彼氏がいなくなったのが渡りに船とばかりに、こんなこと……。

ぐっと喉の奥が熱くなった。もうなにが痛いのかもわからない。

勝手に決められたことか、自分の気持ちを無視されたことか、それとも失恋の傷を抉られたことか。きっとすべてだっただろう。

明菜はそのまま駅へ向かい、今の住まいであるマンションへと帰宅した。

飛び出して帰っても、父に言いつけられたことがなくなるわけではないとわかっていたけれど、あれ以上あの場にいることも、話すことも、できたものか。

その消えない提案が、明菜を追いかけてやってきたのは二日後のことだった。

＊＊＊

「はぁ……」

マンションの自室、受け取った郵便物の中身をテーブルに散らばらせて、明菜はため息しか出てこなかった。

急に「書留です」と配達員が来て、一瞬、なんだと思ったけれど、すぐ理解した。

父に決まっていた。あの釣り書きだか契約書だかを送ってきたに違いない。

だが突っ返せるものか。明菜はしぶしぶ受け取り、部屋で開封した次第。

中身はあのときと同じだった。あれらをそっくり封筒に入れて送ってきたのだろう。

これを見て考えろ……いや。受け入れろと言いたいのだ、父は。

「なんで私が……」

ため息のほかには愚痴しか出てこない。明菜は散漫に書類をめくっていった。

断るのは難しい。なにしろ相手があの父なのだから。

だが、受け入れたいはずはない。明菜は進退窮まっていたといえるだろう。

とはいえ、一応目は通しておこうかな。読まないことには「ここが嫌だから」って指摘することもできないし。

そう思い、気は進まなかったが、書類にじっくり目を通しはじめた。

冒頭を改めて読んで、明菜はどきりとした。

自分はこの縁談の話や条件を聞いて、「まるで契約」と感じた。

けれどそれは本当だったようだ。

【契約婚姻にあたって】

そのように書いてあったのだから。

なんだ、本当に契約だったんじゃない。

明菜はどきっとしたあとに、自嘲するように笑ってしまった。

でもやはり読まないことにははじまらない。そのあとも文字を追っていった。

其の一、家事一切を過不足なくおこなうこと。

其の二、誰に対しても貞淑な妻として振る舞うこと。
其の三、家の行事には必ず参加。
其の四、夫の職務上の社交機会にも同じく必ず参加。
其の五、契約であることを両家の家族以外には他言しないこと。

大まかな項目としては五つ。付随して詳しい説明が書いてある。
確かに『良家の良妻』として要求されることとしては、そう間違いではないと思う。
それが契約として、こう明記されているのが不自然なだけで。
しかしそのあと、明菜はちょっと目を丸くしてしまった。
何故ならそれらに続いて、明菜側の利点、いわばメリットが書いてあったのだから。

・妻としての務めがない時間は自由に振る舞って良し。
・差し障りのない範囲なら仕事も良し。
・金銭面、住居等、生活の一切は保証する。

これらの点は悪くないどころか、良心的ともいえた。実家で話を聞いたときに思ったような、契約と結婚生活に拘束されて、心身のすべてを捧げさせられるようなものとはだいぶ違っていた。

なるほど、私にも一応メリットがあるって言いたいわけね。

明菜は納得し、少し心が落ち着くのを感じた。そこからはため息をつかずに書類をめくれるようになった。条件の詳細に目を通していく。何度か読み返した。

一通り読み終えたあと、書類一式が入っていた封筒の中に、取り残されていた紙があると気が付いた。

なにかな、これ。気付かなかったけど。

不思議に思って、それを引っ張り出して開く。

中を読んだ明菜は笑ってしまった。苦笑いになった。

これでは向かわないわけにはいかないではないか。

……顔合わせ、に。

＊＊＊

一週間ほど経った土曜日。明菜は朝から美容サロンへ行き、着付けをしてもらった。

ワインレッドを基調とした、大ぶりの花柄が華やかな振袖。

振袖なんて、成人式と大学の卒業式以来で、だいぶ窮屈だと思ってしまった。

そのあとはヘアメイクもしてもらった。

髪はふんわりと現代風のアップスタイルで、メイクは控えめ、大人しい程度に。

今日は顔合わせなのだ。縁談を持ちかけてきた相手、というか、家との。

明菜が顔合わせくらいは向かおうと思ったのは、あのとき封筒の中に入っていた、一枚の便箋によるものであった。

『明菜、急にこんなことになってごめんなさい』

そんな書き出しではじまっていたのは、母からの短い手紙だった。

『急な話で戸惑うわよね。でも、よく読んで考えてくれないかしら。お断りをしたいとしても、お父さんの顔を立てると思って、顔合わせには来てほしいの。明菜に負担をかけてしまうのは心苦しいけれど、お願い』

便箋一枚に満たないほどの手紙だったけれど、明菜にはちゃんと伝わってきた。

母が気遣い、心配してくれていることを。父には逆らえずとも、母からの苦言や提言は受け入れてもらえずとも、明菜のことを想ってくれていると。

それなら自分こそ、そんな母に負担をかけるわけにはいかないではないか。

ゆえに、『顔を立てる』つもりで顔合わせには向かおうと思ったわけだ。顔を立てる相手は、厳密には父ではないけれど。

それに、少し気になってきてたし。

会場に向かうタクシーの中で、明菜はあの契約書についてを思い返していた。自分にも一応、メリットがあるのだという。それならその点についてを詳しく聞いてみても良いのではないだろうか、と。

しばらく走って、会場へ着いた。場所は帝都ホテル。勿論ハイクオリティ。

こんなところに入るのは初めてで、入り口では内心、だいぶおろおろしてしまった。控え室だとホテルマンに案内された部屋へ入ると、既に待っていた母が近付いてきた。白地に控えめな柄の入った訪問着姿だ。

「ああ、明菜。来てくれたのね、ありがとう」

心底安心した、という顔だった。一応、あの郵便を受け取った翌日に、しぶしぶと、それもスマホのメッセージなんてものであったが、「向かいます」と連絡をしていた。それでも母は、本当に来てくれるのかと心配だったのだろう。

「ううん。……お父さんは？」

返事の代わりに笑ってみせて、別のことを聞いた。父の姿がなかったのだ。

「先方と打ち合わせをしているわ」

母の説明に、色々話すことがあるんだろうな、と明菜は思っておくことにする。

そのうち開始時間になり、ホテルマンが呼びに来た。明菜は母と連れ立って、顔合わせの場である部屋へ向かう。緊張で体を少し硬くしながら。

＊＊＊

「お初にお目にかかります」

明菜は案内された部屋に入り、両手を腿の前で丁寧に重ねて、深々と礼をした。隣で母も同じようにしただろう。

「お待たせいたしました。娘の明菜です」

父の声がした。明菜が顔を上げると、モーニングコートを身に着けた父が席を立ち、明菜を示している。表情を見るわけにはいかなかったけれど、明菜が大人しく、またきちんとした格好でやってきて安心した、と思っているような空気が伝わってきた。

「本日はお越しいただきありがとうございます。さ、明菜さんとお母様もこちらへ」

縁談相手の父親であろう壮年の男性がそう言って、明菜は「お邪魔いたします」と、ホテルマンのエスコートで席に向かい、椅子を引かれて腰掛けた。

大きなテーブルを挟んだ向かいには男性が座っていた。彼が縁談相手に決まっていたが、流石にじろじろ見るわけにはいかない。明菜は直視するのを避けておいた。

その間に父と先方の父親で話が進んでいった。今日はありがとうございますとか、良いお話をいただき光栄ですとか、こういう機会の決まり文句だ。

通された部屋は非常に広く、豪華だった。天井の照明はシャンデリア。真っ白で裾にレースがついた高級感のあるクロスが、テーブルにかけられていた。

部屋の壁沿いには暖炉がある。冬になれば火が入るのかもしれない。ほかにも絵画や壺など、いかにも高級そうなものが飾られていた。

部屋は庭に面していて、美しい庭園が見える。秋の折、椿の花が美しく咲いていた。

しかし珍しがったり楽しんでいる場合ではない。明菜は静粛に椅子に腰掛けて、きょろきょろしないよう気をつけるばかりであった。

「それでは改めまして。こちらが息子の佳久《よしひさ》です」

話が本題に入ったのを感じ、明菜は気を引き締めた。

明菜の向かいで佳久と紹介された男性が、こちらに視線を向けるのを感じたので、明菜も許可が出たような心持ちで、やっと彼をはっきりと目にした。

精悍な印象で、確かに父の言う通り、眉目秀麗といった容姿である。

着ているものは勿論黒いスーツであったが、詳しくない明菜から見ても、明らかに生地や仕立てが並みのものではない。体にぴったり合っているサイズであるし、布そのものも上品な質感であるのが見て取れた。

ネクタイはワインレッドで控えめに柄が入っており、きっちり締められている。

黒髪を持ち上げて綺麗にセットしている彼は、目元が涼しく、その整った顔に微笑を浮かべていた。

しかしそこで明菜は、「あれ」と思ってしまった。

なんだか既視感がある。知っているひとのはずもないのに……。

けれど彼が発した言葉で明菜は、あっと声を出すところだった。

「辻堂 佳久です。初めまして」

好意的な笑みで名乗られて、明菜ははっきり悟った。

「つ、辻堂先生……ですか!? 改寿総合病院の！」

明菜が明らかに『知っている』という顔をしたからか、彼、佳久ははじめ、不思議そうな顔をした。しかしそれは数秒のことだった。

「……ああ。以前、整形外科にかかられたおばあさまの付き添いでいらした……」

なんと佳久のほうも、たった数秒考えただけで思い当たったらしい。

明菜は感動してしまった。つい『知っている』と表してしまったけれど、間違っていなかったことにほっとしたし、それに佳久にとっては毎日大勢診ている患者の一人ではないか。いや、それどころか、たった一回、代理で診察した患者の付き添いで来た女性というだけなのに、明菜の言葉と反応だけで気付いてくれたのだ。

胸がほわっとあたたかくなる。素直な気持ちで、嬉しい、と思った。

「明菜？　お知り合い……？」

明菜と佳久のやり取りに、隣に座っていた母が、少し戸惑ったような声で聞いた。

「うん！　少し前、おばあちゃんの付き添いで改寿総合病院に行ったでしょ。そのとき診てくださったのが……、あっ」

頷いて、母の質問に普段の口調で話してしまい、ハッとした。この場に相応しくなかっただろう。

明菜のその懸念は確かだったようで、父のほうからあまり良くない空気が漂ってくるのが感じられた。明菜は口をつぐむ。しかし佳久がそれを受けて続けた。

「あれからおばあさまの経過はいかがですか？」

にこやかに聞かれて、明菜は安堵した。

「はい！　リハビリも順調で、家の中でならもう一人で歩けます」

「それは良かった。長い目で見て、お大事になさってくださいね」

なんだか顔合わせの場にはあまりないやり取りになってしまったが、そこで咳払いが聞こえた。どうやら、佳久の父のほうからだ。

「お知り合いだったのだな。お身内を診察したのか」

父からの質問に、佳久は穏やかに返答した。

「はい。整形外科のヘルプのときに、一度」

「そうか。それなら話が早いな」

そのあとは元の流れに戻り、顔合わせでよくあるやり取りになる。

すなわち、生い立ちや学歴、現在の身辺や生活、仕事などについての会話。

とはいえ、話すのは父同士、そして佳久がメインであった。

明菜と母、上品な着物を身に着けた佳久の母親もほとんど聞いているだけだ。

時々、話を振られるので、「ええ」とか「そうです」とか受け答えする程度。

けれど、そういうものだろう。特に不満はなかった。

むしろ、色々話すように言われて、妙なことを言ってしまったら困るし。

明菜はそう思い、ただ、笑みを浮かべて大人しくしていた。契約においてのメリットについても、今、この場で質問するのはやめておいた。相応しくないだろう。

そのうち、「では若いお二人で」ということになった。それぞれの両親は席を立ち、部屋を出ていく。そのあと給仕のスタッフがやってきてお茶を新しくしてくれた。

香り高い紅茶、澄んだ薄茶色のそれは苦みがなくてとても飲みやすい。初めて口にしたとき、内心感動した明菜だった。

「明菜さん、このようなところで再会できるとは思いませんでした」

佳久が話を切り出して、明菜はほっとした。彼が口下手というタイプでないのは、今日のここまでと、それからあのときの診察でわかっていたけれど、向こうからたくさん話してくれたほうが安心できる。

「はい、私も驚きました」

「いや、俺こそです。すみません、今日の明菜さんがあまりに綺麗なお姿だったので、すぐにわからず」

「いいえ！　そのようなこと！　たった一回お会いしただけで、覚えていただいていたなんて……」

話はスムーズにはじまった。佳久は過度に饒舌ではないようだったが、話は途切れなかった。それに明菜のほうにも話すように気遣ってくれる。

明菜は安心して、するすると言葉が出てくるようになった。

そのときから既に感じていた。

この方となら、本当に結婚となっても、悪いようにはならないんじゃないかな。

だってこんなに優しく接してくださる方で、おまけに患者を覚えているくらい、お仕事にも真剣に取り組んでいらして。

惹かれていくというよりは『安心』であったが、明菜はここへやってくる前の憂鬱だった思いが薄れていくのを感じた。むしろここに来て、実際に接して、本当に良かったとも思えてしまう。

話の内容はやはり他愛もなかった。先ほどと同じ、身辺のことを今度は自分たちの口から直接話しているだけだ。しかしここまでの硬い空気とはまったく違う。

「お恥ずかしい話なのですが、父に早めの結婚を強く勧められておりまして。それで明菜さんの御父上にお話を持ちかけさせていただいたのです」

話が本題に入った。すなわち、この縁談について。佳久は気まずそうに説明した。

「仕事が多忙で、なかなか恋愛結婚というのが難しいのです。いきなり契約書のようなものを送ってしまい、驚かれてしまったとお聞きして、申し訳ありませんでした」

それは明菜にとって、驚きと不思議だったことの答えだった。

「いえ、確かにちょっと驚きましたが、そういうご事情だったのですね」

明菜の返事が単に肯定と納得だったからか、佳久もほっとしたようだ。

「しかし、お気に召さなければ断っていただいて構わないですよ。結婚など重大なことですから、無理強いをしては、結局どちらも幸せになれないと思いますから」

佳久の言ったそれは実のところ現在の本心ではなかったのだが、明菜がそんなことを知るはずがない。「私を気遣ってくださるなんて優しい方」と、ただ感じ入った。

「お気遣いありがとうございます。あ、でも辻堂さんも同様になさってくださいね！ 私では不足だと思われましたら……」

返事をしてから、慌てて付け加えた。彼の印象は好印象にどんどん傾いてきていたけれど佳久からも同じだとは限らない。よって言ったのだが、佳久は微笑で答えた。

「いえ、俺は明菜さんとお話ししまして、とても素敵な女性だと感じております。出来れば是非とも、と」

優しい微笑みで言われて、明菜は恥ずかしくなってしまった。頬が熱くなる。

こんな格好良くて優しい方が、私のことを素敵な女性、だなんて。

恥ずかしさ、くすぐったさ、嬉しさ。良い感情ばかりが胸の中に溢れた。

流石にすぐ「私もです！」とは言えないけれど……。

「とても嬉しいです。え、ええと……ち、父や母とも相談いたしまして……」

少々逃げの台詞であったけれど、別段おかしなものではなかっただろう。

佳久もそう受け取ったようで、頷いた。

「ええ。よくよくご検討ください」

それもまた笑顔であった。この場で返答が出来ない私のことまで気遣ってくださって、と明菜の胸は、ほわっとあたたかくなる。

それで二人の時間はおしまいとなった。それぞれの両親が再び入ってきて、「このあとは軽く食事でも」という話になる。

また別の、しかし同じく豪華な部屋で遅めのランチが出た。フレンチのコース料理で、これもやはり普段食べる機会などないものだ。

はじめにランチの時間であったら、緊張やらで到底味なんてわからなかったかもしれない、と、メインディッシュの牛煮込みを切りながら明菜は思った。

でも今はおいしいと感じられる。それは佳久との会話が心地良かったからだ。

こういう気持ちになれる方なら、結婚することになっても大丈夫じゃないかな。

ランチがすべて終わり、今度こそ解散となってからも、明菜の心はぽかぽかしたままだった。

＊＊＊

顔合わせの一日が終わり、支度をしたサロンで重かった振袖をやっと脱いだ。着替えて髪も下ろした明菜は、両親と共に実家へ帰った。

玄関では祖母が迎えてくれた。まだ歩くのは負担がかかるだろうに、わざわざ玄関まで出てきてくれたのだ。

「明菜ちゃん、おかえり」

優しい笑みで言われて、緊張でくたびれていた明菜の心はほわっとあたたかくなる。

「ただいま」と答える声も明るくなった。

祖母への挨拶のあと、母と二人でリビングに入る。「佳久さんはどうだった？」と聞かれて、彼とのやり取りを簡単に説明すると、母は嬉しそうに微笑んだ。

「まぁ、良かったじゃない」

その反応に明菜も安心した。ここまで母は、明菜の状況や気持ちをだいぶ心配していたのだ。今日の顔合わせだって、ずっと心配だっただろう。

「うん。まさか辻堂先生だとは思わなかったけど、あのときもとても親身に診てくださったの。優しい方だなって」

明菜の気持ちは前向きになってきていた。それは母にも伝わったようで、笑みを浮かべて聞いてくれた。

「明菜、なるべく早く辻堂さんにお返事をする予定なんだが」

そこで父が入ってきた。連絡があると席を外していたのだ。

話題が話題なだけに、明菜はくつろいでいたところから気を引き締めた。

「あ、……うん。早いんだね」

何回かデートをしてからかな、と想像していたが、言われてみれば確かにそうだ。

佳久は自分で「仕事が忙しくて恋愛もなかなか難しい」と言っていた。早く結婚して、そのあと仲を深めたいということなのかもしれないと、明菜は思い直す。

「お前の様子からするに、良いお返事をしても良さそうかと思ったが、どうだ」

父は明菜が苦笑してしまうほどに単刀直入だった。

でも一応、自分の気持ちや考えは見ていて、感じてくれたらしい。

それは少しだけ嬉しいかもしれない、と思った。

自分が前向きになったがゆえに、そう思えるようになったのだろう。

「うん……、悪くはないかな、とは思ったけど……」

しかし明菜は返事を濁した。流石に今日顔合わせをして、まだ数時間しか経っていないというのに即答は出来ない。

その気持ちを汲むように、母が横から言った。

「あなた、明菜も疲れたでしょうから明日、改めてお話しするのはどうかしら」

明菜はほっとした。受け入れようかという気持ちになりつつあったが、重大なことに変わりはない。

一晩でもいい。休んで落ち着いてから、最終的な返事を出来るのなら有難い。

「まぁ……そうか。じゃ、明菜。明日の夜にでも電話をするから」

「わかった」

父もそれを受け入れてくれて、明菜は再び安堵して頷く。

それでこの日はおしまいになった。父が車で送ってくれることになる。

車の中で話の続きをすることはなかった。

主に明菜が「今日のお料理、おいしかったね」とか「お庭も素敵だった」とか話し、父は「ああ」「そうだな」とだけ受け答えする、いつものやり取り。

しかし、明菜の住むマンションに着いて、「じゃ、明日ね」と明菜が降りたとき、車の窓を開けて父が言った。

「今日はありがとうな」

明菜はちょっと驚いてしまった。父がこういう物言いをすることは、あまりない。

でも父のほうも緊張や心配があったのだろうな、と感じられる言葉だ。

胸の中があたたかくなって、明菜の顔には笑みが浮かんだ。

「ううん、私こそ」

穏やかに返事をする。そのまま父の車は去っていった。

明菜はそれを見送り、車が見えなくなってから、マンションのエントランスへと向かった。オートロックを開けて、エレベーターで上がり、自室に入る。

流石に疲れが一気に出てきて、はーっとため息をついてしまった。

髪は固められていたので、ほどいた今もまだ少しごわごわする。

早くお風呂に入って洗ってしまいたい、と思ったものの、お風呂へ直行という気にはなれなかった。まずはひと休みしたい。

解散が遅めだったので、もうすっかり夕方になっている。今日の夕ご飯は軽くでいいや、とココアを入れたマグカップを手に、ソファに落ち着きながら思った。

なにしろランチが豪勢すぎた。まだお腹いっぱいなくらいだ。

ランチはおいしかったし、それ以上に、顔合わせは上手くいった。

良い返事が出来そうな気持ちになれたことも、明菜の心を明るくしていた。

今日、意外な再会をした佳久のことを思い返す。きりりとしたスマートな外見だったのに、物腰やわらかで、優しい声と口調で、とても人柄の良さそうな方だった。

確かに契約のようなものかもしれない。でもあの方となら、たとえスタートがそういうものであっても、なにしろ夫婦になるのだ。

今日のやり取りも悪くなかったし、契約以上の気持ちを……はっきり言えば、恋や愛という気持ちを育んでいけるんじゃないかな。

明菜はそう思い、ちょっと別のことを思い出してしまった。

それは放置した挙句、近くにいる女の子と浮気をするという酷いやり方で明菜を捨てた元カレのこと。

佳久さんならきっと、あんなことはしない。明菜はそう確信出来た。

それは佳久に対する信頼や印象というよりは、『契約』がスタートであるゆえに思ったこと。

なにしろ契約だ。簡単に壊れてしまっては元も子もなくなるし、そんなことを向こうからするものか。あんなことが起きないと、半ば保証されているのは安心だった。

それに今日、佳久と接して思った。

このひとといれば寂しい思いをしないのではないか、と。

どうしても比べてしまうのは、返事をする前の今だから許してほしいと思いつつ、思い出す。

元カレと別れる前の、寂しかったという自分の気持ち。それは名目上、付き合っているという関係があっても、実際には既に独りぼっちだったようなものだ。

佳久は仕事が忙しいと言っていたのだし、そもそもそれが理由で契約結婚に至るくらいなのだから、一緒に過ごせる時間はむしろ少ないほうかもしれない。

でも明菜は佳久に二度接して、とても優しくて、丁寧で、思いやりのある方だ、と感じられた。

それなら別々に過ごす時間が多くても、孤独にはならないのではないか。

ちゃんと『自分にはこのひとがいる』と思えて、『このひとのために』と時間や労力を使える。それはきっと佳久も同じだろう。

いくら契約がはじまりだとしても、佳久のあの様子だ。いつかは愛し、愛される関係になれるならもっと良いし、きっとその可能性はある。

一緒に過ごす時間がすべてではない。

心を寄り添わせるという大切なことが、佳久となら出来るのではないかと、明菜は感じた。

私のメリットは、あの釣り書きに書いてあったことだけじゃないのかもしれない。

明菜はあたたかなココアを少しずつ飲みながら、噛み締めた。

きっと上手くいくだろうと思えてくる。それは顔合わせという、ある意味、緊張と高揚で落ち着いていない思考の中よりも、今、リラックスした状態で思えることが、なによりの『正解』ではないかと思う。

返事は決まったようなものだった。

一応、一晩ゆっくり眠り、翌日のオフにしていた日曜日も家で穏やかに過ごした。

それでも考えは変わらなかったので、明菜はきちんと返事をした。

夜、かかってきた父からの電話に、「謹んでお受けいたします」と。

後日、改めて実家に向かい、父と母のいる席で契約書に捺印をした。

これで契約結婚は成立したことになる。

第三章　契約の真実

「まさか明菜がこんなスピード婚になるなんてねぇ」

寒さも深まる十二月。明菜の家で久しぶりの女子会を開催したあと、残って一緒に後片付けをしてくれていた真美は、感慨深げに言った。

今日、何回も言われたことだが、それはそうだろう。だっていきなり『三ヵ月後に結婚することになりました』なんて周囲に報告せざるを得なかったのだから。

「そうだねぇ、自分でもびっくりしたとこはあるよ」

お皿を拭きながら明菜は内心、苦笑してしまう。実際のところ、まったく『びっくり』レベルではなかったのだから。

表向きは、『両親からの縁談が上手くまとまったから』という設定に決めていた。先方が大病院の敏腕外科医となれば、そうあっても自然だろうと。

しかし外から見れば玉の輿以外の何物でもないだろう。多少妬まれるのは覚悟の上で会社や友達に報告したのだけど、幸い、表向きはみんな、お祝いしてくれた。

今日の女子会でも同じだった。

顔合わせからもう一ヵ月と少しは経つ。周囲への報告や両家の打ち合わせなど、細かなことがやっと少し落ち着いてきて、久しぶりに楽しもうと企画した女子会だ。

仲の良い友達を何人か家に呼んだ。勿論、同僚の中で一番仲の良い真美も。

明菜の手料理のほかに、持ち寄りの料理やスイーツがあり、お供にシャンパンなども開けて、楽しい時間を過ごすことが出来た。

今日のメニューは寒い折なので大皿に作ったラザニアに、温野菜のグリル、早めのクリスマスとしてチキンも焼いた。どれもおいしくできて、明菜は久しぶりに料理を誰かに振る舞えたことにも嬉しくなってしまったものだ。

結婚して一緒に住むようになったら、佳久さんにも作ってあげることになるよね、なんて、最近はよく考えてしまう。

料理には自信がある。その点は新婚生活でなにも心配していない。ただ口に合うかという問題はあるので、そこは佳久さんの好みを覚えていかないとかな、とも思う。

でも少しだけ引っかかることがあって、今日の女子会の間も、なにかにつけてそれが思い浮かんでしまった。

すなわち、結婚して夫と一緒に住むようになったら、こういう女子会はできなくなるのではないか、ということだ。

多分、家は広くなるのだろう。なにしろ佳久は医者で、代々医者である一家の息子なのだから、一般的なマンションの一室、というレベルのはずがない。

けれど一人で住むのではなく、夫婦になった佳久と暮らすのだ。だから気軽に友達を招くのは難しいだろう。

とはいえ、最終的には佳久の意向によるのだと思う。忙しいと言っていたから、「時間があればひとを招いてもいいよ」と言ってくれるかもしれない。

でも、家に他人を入れるのが嫌いなひとだったら、それはどうしようもない。

そしてそのどちらなのかは、今のところまだわからないのだ。

だから今のうちに、家で気兼ねなく、友達同士で楽しく過ごすというのを満喫しておこうと思って、実際それが出来た一日だった。

真美と何気ない話をしながら洗い物をして、居室で使った小物も片付けて、軽く床やソファなども掃除した。やっと終わったときには既に、だいぶ遅い時間だった。しかし自分一人だったら夜中近くになってしまったかもしれない。

「ありがとう。ごめんね、遅くまで手伝ってもらっちゃって」

帰り支度を整えた真美に軽く謝るも、いつも通りに「そんなことないって」と明るい笑顔が返ってきた。

「明菜のおいしいお料理、食べさせてもらったし、楽しかったよ。いつも呼んでくれて、私のほうこそ、ありがとう」

コートを着た真美に続いて、同じくコート姿になった明菜もポケットにスマホと家の鍵だけ入れて外へ出る。家に友達を招いたときは、大抵駅まで送っていた。

明菜のマンションは大通りに面していて、駅までだって歩いて十分もかからない。そう心配はないのだが、一人で帰すわけにはいかないだろう。

「今日の温野菜、おいしかったな。ディップも手作りだったんだよね？　三種類もあって迷っちゃったよ」

「それは嬉しいなぁ。そうだね、マヨネーズベースと、トマトベースと、あとにんにくとオリーブオイル……」

何気ない話をしながら、二人でゆっくり駅を目指した。

「でも明菜が結婚したら、こういうのもおしまいになっちゃうのかな、なんて思ってちょっとしんみりしちゃったよ」

真美は明るく言ったけれど、それは明菜も今日、なにかにつけて考えてしまったことだった。少し申し訳なくはあるけれど、同じように思ってくれていたことが嬉しいと思ってしまった。

優しい友達がいてくれて、私は幸せ。明菜はそう噛み締める。

「そうだね。でもなにかの機会にご飯会はやりたいなって思ってるよ。新居で出来るかはわからないけど、私が向かって作ったっていいんだし」

色々やり方はある。夕食の時間に出来なくなるなら、休日の昼間にしてもいい。これから生活ががらりと変わっても、今ある大切なものがなくなってしまうわけではない。

「確かにそうだね。じゃ、私のうちに来て作ってもらおうかな」

真美もそれは感じてくれたらしい。穏やかな笑みで、茶化すように言った。明菜も「お安い御用だよ」なんて軽く返事をする。

「式まであと二ヵ月くらいだっけ」

駅が見えてくる頃に聞かれて、明菜は「そうだよ」と答えた。

「ごめんね、急で……お休みとか用事とか、都合もあると思うのに」

本来なら結婚となれば、半年や一年はかかるのに、準備期間はたった三ヵ月ほどだった。今も急ピッチでドレス選びやブライダルエステなどに通っているところだ。

会場や式の段取りなどはすべて、佳久が、というか、佳久の家が手配してくれる予定だった。なので極論、明菜は当日会場に向かって、ドレスを着て参加するだけと言ってしまってもいいくらい。

夫婦になる二人で楽しく、ときには真剣に話し合いながら、理想の結婚式について決めていく……というのは憧れだったから、どうもこれは拍子抜けしてしまう部分だけど、まぁこれはこれでいいものだ、と明菜は思うようにしていた。

面倒な手配もない。言い争いになることもない。その点は楽だ。

新婦として一番大切なドレスは、好きに選んでいいと言ってもらえたし、友人知人も呼びたいひとを呼んでいいとも言われている。

だから決して窮屈ではない。明菜も億劫どころか、最近では佳久の家から出されている準備資金で、素敵なエステに毎週通えるのを楽しみにしているくらいだった。

「楽しみだな、明菜の花嫁さん姿」

真美はうっとりとした様子で言う。まるで自分のことのように喜んでくれる、優しい子なのだ。明菜からの「ありがとう」も、心からの言葉になった。

「いい機会だから、私も新しいドレス、買おうと思うんだ！　前に買ったのがそろそろ子どもっぽいかな、って思うようになってたから」

おまけに明菜の式を、良い機会だと言ってくれる。青系がいいとか、でもこの間見た緑もかわいかったとか、真美の話を聞いているうちに駅に入り、改札前に着いた。

「じゃ、今日はありがとう。楽しかったよ」

「私こそありがとう。気をつけて帰ってね」

手を振った真美を改札の向こうへ見送る。その後ろ姿が見えなくなってから、明菜は元来た道へ戻った。同じルートを辿って自宅へ帰る。

この道を通ることもきっともう、残り少ないだろう。早ければ年が明けてしばらくしたら今の家を出るかもしれない。

その手配も全部佳久側でしてくれるので、住む場所や引っ越しの細々したことまで、明菜はノータッチで、言われるがままという状態である。

でもやはりこれはこれで楽だ。悪い場所なはずがないし、今のところ不満もない。

もうすぐクリスマスだけど、と明菜は帰り道で思った。

クリスマス。婚約している二人なら、一緒に過ごして当たり前の日。

佳久とは今のところ、デートというものはしていなかった。それは前に思った通り、忙しいゆえのこの結婚なのだから、ある意味当然ともいえる。

だけどクリスマス。特別な日だから今回くらいはデートしてほしいな、と明菜は密かに思っていた。こちらから持ちかけるわけにはいかないけれど。

そもそも、まだ気軽にスマホのメッセージや電話でやり取り出来る仲でもない。

一応、佳久の番号などは教えてもらっていたけれど、なんだか気が引けてしまって、明菜から電話をかけたりメッセージを送ったりしたことは一度もなかった。準備についてわからないことなどがあれば、父を通して辻堂家に聞いてもらっていたし、それで済んでいたのだ。

それゆえに、なんだかためらってしまう。気軽に「クリスマス、会いませんか？」なんて送れない。だから待っているしかない。

でも、出来たらデート……してもらえたらいいなぁ。

そんな願望は胸の中にあったし、叶ってほしいと願う最近だ。

考えているうちに家に着いた。今は一人の家、もうお風呂に入って寝るだけだ。

明日は月曜日。早めに寝て、遅刻しないように気をつけなければいけない。

明菜はお風呂へ向かい、まずお湯を溜めはじめた。楽しい一日だったとはいえ、はしゃぎすぎて少し疲れた。お気に入りの入浴剤でも入れて、ゆっくり浸かろうと思う。

しっかり栓をして、ぱしゃぱしゃとお湯が落ちるのを見届けてから、居室へ向かった。着替えなどの準備をはじめる。

今日はすごく楽しかったな、と噛み締めた。

でも同時に、なにかにつけて『この生活はもうすぐ終わってしまうんだ』とも実感してしまった、と思う。

先のことに希望はある。楽しい生活になるだろうとも感じている。それでも大きな変化であるのは違いないから、少し臆してしまう気持ちは確かにある。

それは仕方がないことだ。マリッジブルーという言葉もあるのだし。

だからなるべく楽しいことを考えて、なるべくいい方向に考えるようにして……。

きっとそれが不安を小さくするために一番大切なことであり、今日の盛り上がった女子会も、そのための大きなひとつだったのだ。

＊＊＊

十二月二十四日、クリスマスイヴ。

特別なこの日の夜に明菜が訪れたホテルは、とても豪華できらきらしたところだった。洋風の建築だが、まるで西洋のお城か豪邸のようだ。明菜は胸を高鳴らせながらエントランスに入り、待ち合わせ場所のロビーへ向かった。

今夜はデート。佳久が誘ってくれたのだ。

彼からの電話が突然鳴ったとき、明菜は驚いてしまった。だって、かかってくるのも初めてだったのだから。

『ああ、明菜さん。急にすまないね』

それは明菜が仕事から帰ってきてしばらくしたときだったが、佳久は多分まだ仕事中だったろう。電話の向こうからは、なんだかざわざわした空気が伝わってきた。

仕事先からかけてくるなんて、重要なことか、もしくは急な用事だろうか。

『いいえ！　なんでしょう？』

少し構えてしまったのだけど、聞いた内容は、明菜の心をぱっと明るくした。

『来週、クリスマスだろう。時間があったら食事でもどうかなと』

『本当ですか！　嬉しいです！』

クリスマスデートのお誘いなんてもらえれば、嬉しくなって当然だった。

『良かった。なかなかデートも出来ずにすまなかったから、クリスマスくらいはと思って。じゃ、手配は俺のほうでしておくから、また今度詳しいことを連絡するよ』

『はい！　ありがとうございます！』

電話はそれだけで終わったが、明菜の気持ちが急上昇したのは言うまでもない。服や小物を選んだり、セミフォーマルに相応しいようなコートも購入した。

わくわく指折り数えて待ち……それで今日が、ついに当日。

「今日は来てくれてありがとう」

お城のメインフロアといった様子の広いロビー。ソファやテーブル、綺麗な観葉植物や花があちこちに飾られているそこでそわそわしつつ待っていた明菜の元に、佳久がやってきて、声をかけた。明菜は腰掛けていたソファから急いで立ち上がる。

「い、いえ！　私こそ、お誘いいただいてありがとうございます！」

待っていたときとは別の意味でどきどきしてくる。

彼とのデートがはじまったのだ。

これからホテルディナーでおいしいものを食べて、そのあとは夜景を見て……という予定になっていた。

なんてロマンティックなクリスマスだろう、と今から胸が高鳴ってしまう。

「さぁ、行こうか」

佳久は当たり前のように、明菜の前へ手を差し出してきた。

明菜は、一瞬、きょとんとしてしまった。こんな、王子様のするように手を差し伸べてもらったことなどなかったのだ。

しかし佳久が微笑を浮かべ、軽く手を振ったので理解する。急に恥ずかしくなった。エスコートのために手を伸べてくれたのに、すぐに反応出来なかったなんて。

「あ、ありがとうございます……」

そろそろと手を伸ばし、佳久の手に触れる。明菜の手をすっぽり包んでしまうほど大きな手はあたたかく、ごつごつしていた。

それで明菜は気付いた。佳久に直接触れるのはこれが初めてだ、と。

なんだかくすぐったくなってきた。

なにを、デートなんて初めてじゃないのに。一応、今までだって恋人はいたんだから……。

そう思うも、なにしろそのときとは状況も相手もまるっきり違う。緊張して当たり前、と自分に言い聞かせて、明菜はそのあたたかな手をそっと握り返した。

「今日の服、とてもかわいいな」

佳久は明菜の格好までちゃんと見ていたようで、褒めてくれる。明菜はくすぐったくなってしまった。かわいい、と言ってもらえて嬉しくないはずがない。

「あ、ありがとうございます……、こういう場所でのお食事はほとんどしたことがなくて心配だったんですけど……」

「いや、似合っているよ」

言ったことにも微笑が返ってきて、明菜は心からほっとした。

今日の格好は、淡いピンク色のワンピースに、黒いレース素材のボレロを合わせたスタイル。そこにパールのネックレスと、同じくパールがメインのイヤリングをつけてきた。

靴は黒いヒールだが、これも新調したのでエナメルがつやつやしていて、セミフォーマルに相応しい。

コートは既にクロークで預かってもらった。ホテル内は暖房がじゅうぶんに効いていたから、薄手の上着でもまったく寒いと感じなかった。

ヘアメイクもサロンですべてお願いした。今日は全体を軽く巻き、上のほうをふんわりハーフアップにした華やかな髪型だ。ワンピースに合わせてピンクをメインにしたメイクも、かわいらしい印象ながら、派手すぎず上品に仕上げてもらった。

特別なドレスアップを佳久に褒めてもらえて本当に嬉しく思う。

だって、このひとのために飾ったのだから。

「その……佳久さんも、素敵……ですよ？」

ちょっとおずおずとになってしまったが、明菜からも佳久の姿を褒める。ためらってしまったのはただ、口に出すのが恥ずかしかっただけで、お世辞ではない。

だって、佳久はとても格好良かった。明菜の元に歩いてくるときも、それからこうして明菜をエスコートしているときも、周りから視線が集まっているのを明菜はしっかり気付いていた。

ネイビーのスーツをメインにしているが、中のシャツは明るい水色で、涼やかな印象になっていた。その上にスーツと同素材のベストを合わせている。

ネクタイは白と青のストライプ。胸ポケットには同じ色合いのポケットチーフが飾られていた。

スーツひとつ取っても、これほどきっちりとしているのに、どこかカジュアルで親しみやすい印象の着こなしがあるとは。

明菜はやはりドラマなどの中でしか見たことがなかったので、感じ入ってしまった。

髪は以前と同じようにオールバック姿だが、より丁寧にセットされている。涼しい目元と相まって、精悍な印象が更に強くなっていた。

おまけにその素敵な男性は、今、自分をエスコートしてくれている将来の旦那様ときている。身に余るほどの幸せだと感じてしまった。

「ありがとう。明菜さんとデートだから新調したんだ」

なのにそう言って笑った佳久の言葉は、どこかかわいらしいともいえるものだった。明菜の心はするするほどけていく。

今日はきっと素敵な日になるよね。だって、こんな素敵な方と一緒なんだから。

明菜は確信して、胸の中がほわほわあたたかくなる心地良い感覚を覚えた。

レストランの中へ入り、案内されたのは窓際の席だった。エレベーターで二階へ上がっていたので、外の景色が見下ろせるロケーション。窓から外を見ただけで、明菜は「わぁ……」と声を洩らしてしまった。

大きな庭はライトアップされていて、上品な白や橙色の灯かりがそこここに灯っている。庭の緑や、ちらほら咲く花の中に、光の花も一緒に咲いているようだった。

クリスマスながら、派手な緑や赤ばかりではないのが、かえって上品さを感じさせた。ついその様子に見入ってしまった明菜は、横にウェイターが近付いてきたことで、やっと、ハッとした。

急に恥ずかしくなる。子どものようにはしゃいだも同然ではないか。

「す、すみません……ありがとうございます」

慌てて謝ったところへウェイターが椅子を引いてくれた。お礼を言い、そっと腰掛ける。だが向かいで同じように席に着いた佳久は、どこか嬉しそうに笑った。

「いいや。気に入ってくれたようで嬉しいよ」

良かった、悪いようには取られなかったみたい。

明菜は心の中で安堵したけれど、気を引き締めた。かしこまった場なのだから、あまり無邪気な様子でいてはいけない。

それに、これからきっとこういう高級なレストランでの食事や、社交の場も増えていくのだろうし。先ほどのような様子では、落ち着きのない妻と思われてしまうかもしれない。それでは佳久さんに迷惑がかかる……。

そこまで思って、今度は違う意味で恥ずかしくなった。

本当に、もうすぐこの方の奥様になるのだ、と実感してしまって。

広げたナプキンを膝に置いて、ディナーははじまった。

まずはシャンパンで乾杯。ただしこちらはノンアルコールのもの。

ウェイターがボトルを持って近付いてきて、グラスにそっと注いだ。澄んだ液体の中、細かい泡がぱちぱちと弾けて、それは先ほど窓から見た灯かりのように美しいものだった。

「では、乾杯。メリークリスマス」

「め、メリークリスマス……です」

自然な仕草でグラスを掲げてこちらに差し出してきた佳久とは逆に、明菜はあたふたと、慎重にグラスを持ち上げてそれに応える。

なんと言ったものかと悩んで「です」などとつけてしまい、明菜のそれに、佳久はまた笑みを浮かべた。

「かしこまらなくていいよ。それよりすまないね、ノンアルコールに付き合わせてしまって」

ひとくち飲んで、申し訳なさそうに言った佳久に、今度は明菜が笑ってみせる。

「いえ、とんでもないです。それにこちらもおいしいです」

今夜はアルコールなしでということになっていた。明菜は聞いたとき不思議に思ったのだが、佳久が詳しく説明してくれた。

数日後に担当患者の手術を控えていて、そのために今から自制しているそうだ。

医者はそういうこともあると聞いて、明菜は不満どころか感じ入った。

それほど仕事に熱心なのだ。素晴らしいことだと思う。

よって、今日はお酒なし。しかし自分で言った通り、口にしたシャンパンはすっきりした飲み心地で、ノンアルコールであってもとてもおいしかった。

そのうち前菜が出てきた。大きな白い皿に盛られている。

「本日は前菜五種盛りとなっております。左から黒トリュフのカナッペ、サーモンとセロリのマリネ、パテ・ド・カンパーニュ……」

何種類ものメニューが少しずつ盛られているのを、ウェイターがひとつずつ説明していく。明菜は視線でそれを追い、ふむふむと頷いた。

「おいしいです！」

実際にひとくち食べたマリネはとても香り高く、明菜は頬を押さえてしまった。手をかけて、丁寧に作られていると伝わってくる。

明菜の反応を見て、佳久は、ふっと口元を緩めた。

「それは良かった。明菜さんは普段、お酒はよく飲まれるのかな」

佳久が質問をしてきて、明菜はグラスを持ち上げながらそれに答えた。

「家ではあまり飲まないですけど、飲み会とか、女子会とかでは飲みます」

「女子会？」

佳久は明菜のその言葉に興味を示したようだった。確かに『女子会』だけではわかりづらかった、と明菜は慌てて補足する。

「あ、私、料理が得意で……たまにお友達を家に招いて、持ち寄りパーティーみたいなのを聞いてるんです」

「なるほど。それは楽しそうだ」

佳久は女子会がどのようなものか説明する明菜の話を、にこにこ聞いてくれた。

話も弾み、料理も進んで、そろそろメインディッシュ。

真鯛のクリーム煮だという大きなお皿が出てきた。

お皿の中央に置かれ、ローズマリーとパセリで美しく彩られた鯛。

ナイフとフォークを使って切ろうとしたが、切るまでもなくほろっと崩れてしまいそうなほどやわらかい。調理が上手いだけではなく、食材も新鮮で上等なのだろうと、明菜は料理を作る目線で感心してしまった。

そこで話題もちょうど、料理のことになっていく。

「さっき料理が得意と言ったけど、お父様にもうかがっていたよ。実のところ、それで『素敵な奥様になっていただけるのではないか』と思ってしまったのもあるんだ」

佳久は上品な手つきで鯛をナイフとフォークで食べながら、そう言った。明菜はなんだかくすぐったくなる。

確かにこの結婚はお見合いより、もっと利害関係の強い、契約のようなもの。

あの契約書に書いてあったように『良妻であること』を求められるなら、料理が得意という点もそのひとつになるのだろう。それは自分のスキルを求められたようで、なんだかビジネスみたい、とおかしくなってしまった。

「ええ、趣味ではありますね。佳久さんは、お好きな料理とかおありですか？」

結婚後の参考になるかな、と思って聞いたのだが佳久は気まずそうな顔をした。

「恥ずかしながら、俺は割合『出されたものを食べる』というスタイルで……明菜さんのほうがきっと詳しいと思うよ」

「そんなことはないと思いますけど……」

やわらかく否定しつつも、これは重要な情報だった。あまりこだわりはないようだ。出されたものをそのまま食べるのが普通であれば、好き嫌いも少ないだろう。

料理に関してはあまり心配しなくていいのかも、なんて明菜は呑気に考えてしまった。その通りのことを佳久も言う。

「でもお料理上手な明菜さんと結婚するなら、家庭的なあたたかいご飯というものを食べられたらいいな」

家庭的なご飯。それは明菜の一番得意なジャンルともいえる。

「わかりました！　お口に合いますように、毎食頑張って作りますね」

「それは楽しみだ」

にこっと笑った明菜に、佳久も微笑み返してくれた。少なくとも佳久は自分のことを好意的に受け取っているようであるし、希望的観測も持ってくれているようだ。

それならきっと、結婚したあとも上手くやっていけるんじゃないかな。お話していても、堅苦しくない方だし、私の話もよく聞いてくれるし……。

明菜もだいぶこの状況にリラックスしてきて、楽しい気持ちで食事は進む。

次に出てきたのはメインディッシュの肉料理。フォアグラのコンフィという、クリスマスに相応しい華やかな飾りつけと、芳醇な味の料理もおいしくいただいた。

だが、それを食べ終える前のことだった。

なにか音が聞こえた。明菜も聞いたことのある音だ。スマホの電話着信音。

一瞬、自分のものの電源を切り忘れたのかと、ひやっとした。クリスマスディナーのさなかに鳴ってはいけないと、電源を切ってバッグに入れてきたのだけど。

でもそれは違ったようだ。佳久の顔が硬くなる。自身の胸元に手を突っ込み、内ポケットに入れていた小ぶりのスマホを取り出した。

「失礼。少々、出てくる」

音を発しているスマホの画面を見て、更に表情を硬くした佳久。すっと自然な仕草で席を立った。

「は、はい。お気遣いなく」

返事をして、出口へ向かう佳久の後ろ姿を視線で追ったけれど、佳久はすぐに見えなくなってしまった。明菜は一人で取り残される。

なんとなく、あの電話から嫌な予感がした。画面を見た佳久の表情と相まって。

まさか急用、お仕事とか、もしくはおうちのほうとか……。

あの様子からするに、どうもその可能性は高そうだった。

でも今日はクリスマスイヴなんだし、佳久さんもお休みを取って来てくれたんだから、大丈夫だよ。きっとなにか聞きたいことでもあっただけ……。

明菜は感じた嫌な予感を振り払うように、自分にそう言い聞かせた。

佳久が出ていってしまったので、明菜は少しだけ残っていたコンフィを散漫につついた。次の料理もしばらく来ないだろう。シャンパンをお供に待つしかない。

佳久はなかなか戻ってこなかった。五分は経っただろう。

「すまない、急に」

やっと佳久が戻ってきた。かつかつと革靴の音を立てて、速足で。

明菜はほっとした。微笑を浮かべてみせて、「いいえ」と答えたのだけど、そのあと言われたことに、胸の中は一気に凍り付いた。

「大変申し訳ない。実は病院のほうで、担当患者の容体が急変したとの連絡で……」

すまなさそうな顔で、言いにくそうに切り出した佳久の言葉は、この先のことを明確に示していた。

うそ、そんな、こんなときになんて……。

楽しかった気持ちが、冷たいものに取って代わっていく。

だけど「嫌です」なんて言えるはずはない。

だって緊急事態なのだ。急変というなら、すぐに駆け付けなければいけないのだろう。それなら我儘なんて言えない。

明菜は笑みを浮かべた。でもそれは無理をしたものだった。それは佳久にも多分、伝わっていたけれど、笑顔以外に相応しい表情は今、この状況にはない。

「大丈夫ですよ。向かって差し上げてください」

明菜の返事に、佳久は眉を下げ、心底申し訳ない、という顔になる。

明菜はその表情に、心が痛むのを感じてしまった。

佳久とて、デートを中断などしたくないと思ってくれているだろう。そのくらい、今日、ここまで和やかに話が出来たことで伝わってきた。

だから明菜はもうひとつ、笑ってみせる。フォローするように口に出した。

「佳久さんが、それほど頼りにされていらっしゃるなんて、とても素晴らしいことですよ。お会いするのはまたいつでも出来ますから……」

後半だけは嘘だった。だってここまで、一度もデートなどしていなかったのだ。次の機会なんて、簡単にあるものか。それでも今は、これしかない。

「本当に申し訳ない。この埋め合わせは必ずするから」

佳久は言い、帰りの手配などについて少しだけ説明して、すぐに行ってしまった。

明菜はぽつんと取り残される。なんだか虚ろになってしまった。

楽しかったデートが不本意な形で終わってしまって、今日ここまでの明るい気持ちすら消え去った気がした。

「辻堂様」

声をかけられてやっと、ハッとした。そちらを見れば、心配そうな顔をしたウェイターが立っている。

「次のお料理、お出ししてよろしいでしょうか?」

そうだ、コース料理はまだ残っていた。確かリゾットとスイーツ、食後の飲み物。

明菜は一瞬、悩んだ。一緒に楽しく味わっていたひとは、もういない。がらんと空いてしまった目の前の席がはっきり示していた。

だから独りで続きを食べたとしても、心からおいしいと満足できることは、きっとない。

……ううん、そんなのは駄目。

明菜は寂しくて悲しい気持ちを押し殺した。ウェイターの彼に微笑んでみせる。

「ええ、大丈夫です。お願いします」

明菜の返事と笑みに、ウェイターは安堵したようだった。

「かしこまりました。すぐにお持ちいたします」

それで支度をするべく、去っていく。独りになって、明菜は心の中だけにするよう努力したが、ため息が出てしまうのは止められなかった。まさかこんなことになるとは思いもしなかった。

このあとはコースの残りを黙々と食べ、食後の飲み物を飲んだら帰るのだ。

独りきり、で。

見るはずだった夜景も、独りでなんて行きたいはずがない。きっと素敵な場所だろうけれど、その美しさなんて、今はわからないに決まっている。

最後の食事メニュー、カマンベールのチーズリゾットが運ばれてきても、それがほかほかあたたかな湯気を立てていても、まったくおいしそうに見えなかった。色あせてしまったように感じる。

明菜は味もわからないような気になりつつ、ゆっくりとそれを食べ、やはり同じようにスイーツも食べ終えた。

食後にホットコーヒーを飲みながら、不意に涙が出そうになってしまった。

仕方ない、だって緊急のことなのだ。

佳久にとってはなにより大切な仕事であり、使命ともいえることだ。

それでも、一緒に過ごしたかったと思う。最後まで楽しい気持ちでいたかった。

おまけに明菜は気付いてしまった。まだ結婚前の現在から、こんな急用で中座してしまう事態になるくらいだ。結婚後に同じことが起こらないはずがない。

いや、絶対起きるだろう。こういう、急な呼び出しということが。

コーヒーカップをカチリとソーサーに戻し、明菜はしばらく俯いてしまった。

一緒に過ごす時間だけがすべてではないと思っていた。『私にはこのひとがいる』と思えて、心が寄り添えればきっと寂しくないだろうと思っていた。

でも実際には、デートが中断されてしまっただけで、寂しくて悲しくなった。結婚してこんな事態が続いたら、この気持ちはまた出てくるかもしれない。

佳久との結婚について。

明菜が初めて不安を感じたのは、独りぼっちになってしまったクリスマスだった。

＊＊＊

腰のうしろで、きゅっと紐が締め上げられる。胸から腰にかけて身に着けるのは、体にフィットし、体型を綺麗に見せてくれるコルセット。

現代において、正式なドレス以外で着ることはほとんどないだろう。明菜も身に着けるのは、試着のときを除いては初めてだった。

「きつくございませんか？」

支度をしてくれている女性スタッフに確認された。少し締め付けられる感覚はあったが、そういうものだ。明菜は「大丈夫です」とシンプルに答えた。

ついに式の日がやってきた。二月の寒い折だが、会場であるここ、帝都ホテルは勿論暖房だってしっかり効いていて、式の間も寒くないだろう。

外のチャペルに出るときだけが寒いかもしれないが、それもなるべく早く終わらせてくれることになっていた。だからそのときだけ我慢すればいい。

明菜は着実に進められていく身支度を受けながら、じっと目の前の鏡を見つめた。

既にヘアメイクは終わっていたので、ドレスを着せてもらったあとは、軽く直しと最終調整をしてもらうだけだ。

ここまで顔合わせやクリスマスのデートなどでお願いしたヘアメイクとは、比べ物にならないクオリティである。平凡な顔立ちや容姿でしかない自分が、まるで女優かなにかのようにすら見えてしまう、と明菜は心の中で感じ入った。

しかしそれで当然なのかもしれない。今日は人生で一番美しい日なのだから。これほど綺麗に仕上げてもらって感謝しかない。

クリスマスの一件から、明菜はしばらく落ち込んでいた。

楽しみにしていた素敵なデート、実際、突然中断となるまでは本当に素敵だったそれが、唐突に終わってしまったのだから。

でも、そんなの仕方ないことだよ。だって佳久さんにとって、一番大事なのはお仕事だもの。そのために、私と契約で結婚することになったんだから……。

ネガティブを払うように、そう言い聞かせた。事実としてはその通りだったかもしれないが、ただ、すぐには気持ちが追い付かなかった。

了承したのは自分。こういう気持ちだって、慣れていかないといけない。

それが佳久さんと結婚するということなんだから……。

明菜がその思考に至るには少々時間がかかってしまったのだけど、結婚をやめたいとか、このお話はなかったことにとか、そう要求する気持ちにはならなかった。

それはクリスマスに佳久と初めて二人で過ごして良い印象を抱いた、楽しい時間があったからだろう。それに佳久はちゃんと『埋め合わせ』をしてくれた。


年が明けて一週間ほど経った日、初詣を兼ねた二度目のデートとして、二人は大きめの神社に赴いた。

佳久の車で軽いドライブ。神社へ着いたらまずはお参りだ。佳久は初めてのデートと同じように手を取ってくれたし、明菜はそのあたたかさに心救われた。

『大吉だ』

おみくじを開いて、佳久は顔をほころばせた。

なんだか無邪気な表情に見えて、明菜は自分まで嬉しくなった。

『私は末吉ですね』

自分のおみくじを両手で開いて言った明菜。不意に佳久が、その手に触れてきた。

明菜がどきっとしたときには、大吉のおみくじが手の中に収められていた。

『二人で大吉になろう』

優しい笑みで言ってくれた佳久。明菜も笑みが自然に浮かんでくるのを感じた。

『はい、二人で』

幸せだと思った。クリスマスデートでの寂しさまで溶けていくようだった。

大丈夫、きっと慣れていける。離れている時間も、それが急に起こっても、夫婦としての絆や気持ちには関係ない。


明菜が色々思い出して、考えているうちに、支度は終わっていた。

こうして無事に、式の当日を迎えられて嬉しく思う。

「さ、出来ましたよ。とてもお綺麗です」

女性スタッフがにこやかに言い、鏡を示してくれる。

鏡に映る明菜は、準備中のときより、更に美しくなっていた。

メイクは華やかながら、上品な色遣いで嫌味がない。

髪はすべてすっきりとアップにした、大人っぽいスタイル。

何着も迷って決めたドレスは、スカート部分にたっぷりボリュームがある、定番のプリンセスラインのものだった。華やかな中に、かわいらしさもあるスタイルがぴったりだと、周りからも強く推されたもの。

胸元は細かな刺繍が施されていて、ビジューが輝きをプラスしている。

スカート部分は上にチュールがたっぷり重ねられて、ボリュームだけでなく、ふんわり感があって清楚な印象だ。うしろのトレーンは長めでお姫様のよう……。

アクセサリーもドレスに合わせて選んだ。白とシルバーを基調とした華やかなもので、花のレースとパールが上品だ。

とても素敵に支度してもらったためか、きっと上手くいくと思える気持ちが湧いてくる。

上手くいってほしいのは、結婚してからのこともあるけれど、まずは今日、この式を成功に収めるということ。だって世界で一番美しく、幸せな日だから。

絶対に成功させたい。佳久や辻堂家に恥をかかせないように、というのもあるけれど、自分のこととしてもそう思う。

そのとき、こんこんとドアが鳴った。片付けをしていた女性スタッフが「はい」と返事をし、そちらへ向かう。

「俺です」

聞こえてきたのは佳久の声で、明菜はどきっとした。

ウエディングドレス姿を見せるのは初めてだ。試着姿も見せていない。

一緒に選びに行かなかったのだから当然かもしれないけれど、『このドレスに決めました』と報告をして、ドレスの写真を送っただけだった。

急に緊張してきた。

綺麗だって言ってくれるかな。それはドレスだけでなく……。

ああ、こんなふうに期待してしまうのは恥ずかしいのに。

明菜の心に恥じらいも溢れた。

「ちょうどお支度が済んだところです」

スタッフが佳久を招き入れる。佳久はつかつかと明菜のそばへやってきて、明菜の姿を見つめた。明菜は正面から佳久の視線を受け止めて、どきどきしてしまう。

それに佳久の支度だってとても素敵だった。

上品な光沢を持った、シルバーのタキシード。ネクタイはジャケットの色味より少し濃い色で、胸元を引き締めてくれるような色合いだ。

胸ポケットには白いポケットチーフ。

靴はよく磨かれた、黒のストレートチップだ。

髪型は普段しているように、前髪を持ち上げているスタイルだが、いっそう丁寧にセットされているのが見て取れる。

明菜は緊張や期待も一瞬忘れ、ほう、と見入ってしまったくらいだった。

新郎のタキシードなんて、人生で初めて身に着けるだろうに、まったく違和感がないどころか、さらりと着こなしているようにすら見える。

まるで王子様。

明菜は見惚れながら思った。そのくらい格好良かったのだ。

「明菜さん、すごく綺麗だ」

言われて、ハッとした。じっと見つめてしまったのをやっと自覚する。

しかしそれを不躾だったと後悔している場合ではなかった。

だって佳久は明菜の一番欲しかった言葉をくれたのだから。

綺麗になれたのも、認めてもらえたのも、嬉しく思う。

胸が心地良い高揚で満たされる。頬もチークのピンクよりもっと色づいただろう。

「あ……ありがとうございます」

明菜はやっとお礼を言う。不安や悶々とした気持ちは消え失せていた。

そんな自分を単純と思えども、きっとこれで良かったのだ。

「こんな綺麗なきみと結婚出来るなんて、俺は世界で一番幸せだな」

おまけにそうまで言ってもらえて、嬉しいどころではない。

「いえ……それは、私こそ……です」

はにかみながらも、言うべきことを言った。

佳久にもしっかり伝わったようで、微笑を浮かべてくれた。顔合わせやデートのときに見せてくれた笑顔より、もっとやわらかな、幸せそうな表情だった。

「今日から夫婦になるんだ。他人行儀なやり取りはここまでにして……」

佳久は切り出し、次に言われたことに明菜は目を丸くした。

「明菜、と呼ばせてもらおうかな」

『さん』がなくなっただけなのに、関係が変わる証のように明菜には感じられた。花のこぼれるような笑みになったのは純粋な喜びから。

「はい！　どうか、そのように」

明菜がすんなり受け入れ、おまけに笑みで返したからか、佳久ももう一度微笑を浮かべた。佳久さんもほっとしたのかな、と明菜は思う。

「では、今日はよろしく」

佳久は明菜の前で、軽く礼をする。明菜も慌ててそれに合わせた。

「は、はい！　私こそ」

先ほどと同じことを言ってしまったが、それに気付くより早く、佳久が次のひとことを言った。明菜の心を震わせるような言葉だ。

「そしてこれからも」

ああ、本当にこのひとに嫁ぐのだ。

たったひとことだったのに、明菜に実感させるような言葉だった。

それで事前の顔合わせは済んだ。そこからはすぐだった。

父と母、それから祖母がやってきて、同じように明菜の花嫁姿を褒めてくれた。

「本当に綺麗だわ」

黒留袖姿の母は、震えんばかりの声で言い、既にほろりと涙を一粒零した。その様子は明菜の心を違う意味で震わせる。

心配をたくさんかけてしまった。ずっと私を気にしてくれていたのに。

「大丈夫よ。きっと上手くいくわ」

そう言って、ドレスやヘアメイクが崩れないように、優しく抱きしめてくれた母。

その体はなんだか小さいように感じてしまって、明菜まで涙が零れそうになる。

泣いてしまったらメイクが崩れるから我慢したけれど、式が終わって、再度顔を合わせたら、今度こそ泣いてしまうだろうなと思うほど、胸が熱かった。

「明菜ちゃん、おめでとう。幸せになってね」

今日は移動が多いため車椅子の上だが、しっかり着物姿の祖母も、涙を零しそうな様子で祝ってくれて、明菜はそっとしゃがんで祖母の手を握った。

「ありがとう、おばあちゃん」

父は「綺麗だな」とひとこと言っただけであった。

でもそのあと、いよいよ式の直前となって、新婦入場が近付いてきたとき。

腕を組んでくれるのは勿論、父だ。よって一緒に待機していたのだけど、そのとき、ぼそりと言われた。

「幸せになるんだぞ」

無口な父にとって、最大限の『明菜を想っている』言葉だっただろう。

明菜の喉奥に、熱いものが込み上げる。

ぶっきらぼうで厳格な父だし、持ってこられたこの結婚の話にも随分反発してしまったけれど、結果的にはきっと、良かったのだ。間違いなどではなかった。

だから、それをくれた父にそう言われてしまって、明菜は込み上げてきた涙を堪えなくてはいけなかった。

「はい」

明菜の返事もひとことだったけれど、きっとそれでじゅうぶんだった。

＊＊＊

式は滞りなく進んだ。

チャペルでの結婚式、誓いの言葉、指輪の交換、それから誓いのくちづけ。

「病めるときも、健やかなるときも、妻として愛し、敬い、慈しむことを誓いますか？」

牧師からの問いかけ。佳久は静かな声で答えた。

「誓います」

定型文として決まっていた言葉なのに、明菜の心を幸せで満たすのにじゅうぶんな重さを持っていた。次に明菜への問いかけが来ても、明菜は心から答えられた。

「誓います」

誓いのくちづけも同じだった。

佳久とキスをするのはこれが初めてだ。だから事前のリハーサルや、その前の色々な思考の中では心配になったものだ。

緊張で失敗してしまわないだろうか。

佳久に不快感を与えてしまわないだろうか。

そのときがついにやってきて、佳久の手が明菜の肩にかかる。そっと顔を近付けられ、触れたくちびるは、驚くほどすんなり受け止められた。

キスはなんの味もしなかった。

ただ、あたたかかった。

そしてそこから思えた。誓いの言葉はきっと本当になるのだろうと。

＊＊＊

そのあとの披露宴は、だいぶ大規模なものだった。

本郷家の来賓は多くなかったが、辻堂家の来賓が、倍以上の人数だったのだ。

よって佳久と明菜は大変忙しかった。壇上に収まっているときは、親族や友人らのスピーチを聞いたり、成長の日々を編集した動画を見ていたりしたが、そのあと来賓のテーブルを回るときが大わらわだった。

なにしろ回るところが多い。お色直しをして、ウエディングドレスとは違うドレスに着替えてはいたが、重さなどはそう変わらない。その状態では移動も大変だというのに、テンポ良く回らねばならないのだ。

おまけにこれは明菜が『貞淑な妻』として振る舞う最初の一歩でもあった。

よって大変緊張してしまった。佳久の病院関係者、親族、友人知人……。一体いくつテーブルを回ったかも定かではない。

ようやく挨拶が終わったときには、披露宴自体も終盤だった。

出されたごちそうは結局ほとんど手を付けられないままで、庶民の明菜としては「勿体ない」と思ってしまったが、仕方ない。

「明菜、今日は本当におめでとう！」

お見送りのとき友人らに祝われ、手を握られ、明菜は安堵した。

学生時代の友人や、職場の友人。勿論、真美も。

テーブルを回っていたときもほんの数分しか話せず、お見送りも同じだったけれど、佳久の関係者に挨拶をした緊張のあとでは、それがほどけていくように感じられた。

「落ち着いたら、またゆっくりお茶でもしようね」

「うん。今日はありがとう」

以前話したように新調したらしい、鮮やかな緑色のドレスを身につけた真美も、とても綺麗だった。おまけに言ってくれた嬉しい言葉は明菜の胸に響いた。

お見送りの人数もやはり大勢だったがすべてが終わり、会場もがらんとした。

明菜は控え室へ戻り、ドレスを脱いだ。

大変な一日だったとは思う。

でもそれより幸福な気持ちのほうがずっと強かった。

式を通して、自分の気持ちがもっと前向きになれたとも感じられる。

ただ、このあとのことを思うと、別の緊張が湧いてきてしまうのだけど。

すなわち、佳久と過ごす、初めての夜。

キスすら初めてだったし、夜を一緒に過ごしたことはない。けれど結婚したのだから、そのあとにはあるべきだろう。明菜もそういう心づもりでいた。

とはいえ、上手くいくかは心配だったけれど、あのキスを経たことで、その不安は少し薄らいでいた。

キスもあれほどすんなり出来たし、不快どころか幸せなものだった。

だからこのあとの夜だってきっと同じ、上手くいくと思える。

今夜は泊まりだ。式を挙げたホテルに、部屋を取っていた。

しかしその初めての夜は、明菜にとって大いに想定外なことになる。

＊＊＊

先に部屋へ行っているように言われたので、明菜はどきどきしつつ、大きな肘掛け椅子に腰掛けて佳久を待っていた。

佳久はまだ色々と事後処理や、親族とのやり取りがあるらしい。

それは詳しく話されなかったけれど、特に不満もない。むしろ一人になれる時間が事前にできて、良かったと思う。

二人で泊まる部屋は最上階のスイートルーム。ベッドのある部屋以外にも何部屋かあり、明菜はその中のメインルームで待たせてもらうことにしていた。

式のときにしっかり髪をセットされ、メイクも上品とはいえ手抜きなく施されたので、それらを落とすために、申し訳ないながら先にお風呂もいただいていた。

浴室だって広かった。今まで旅行などでホテルに泊まっても、これほど広い風呂に入ったことはない。

おまけに広いだけではなく豪華だった。バスタブは猫足で、シャワーもクラシカルなヘッドがついている。それでいて最新式で、お湯の出なども調整出来るのだ。

既にお湯が溜めてあり、明菜はメイクを落とし、髪や体もしっかり洗ったあと、あたたかなお湯に浸かり、リラックスすることが出来た。

入浴剤もドラッグストアで買えるようなものでないのが、浸かっただけで理解出来た。お湯は花のような良い香りで、とろりと優しい肌触りだったためだ。

ふーっとため息が出て、明菜はバスタブのふちに腕を乗せ、体を預けて力を抜いた。

一日の疲れや緊張が流れていくようだった。このあと違うことに緊張するのはわかっていたけれど、ここまでの疲れは確実にお湯に溶けて、消えていった。

そんな素敵な風呂から上がったあとは、この日のために用意しておいた真っ白なネグリジェに着替える。レースが控えめについた、前ボタンのネグリジェは勿論、初夜を意識して選んだものだ。膝より下の丈で、透け感もほとんどない。上品で貞淑な印象になってくれるだろう。

メイクも一旦落としたけれど、薄めではあるものの、手は抜かない程度に自分で施した。流石に初夜からすっぴんで、というわけにはいかない。

髪もしっかり乾かし、いい香りのトリートメントをつけてサラサラにした。

それで今、肘掛け椅子に座って、時間潰しにホテルの案内冊子を散漫に読みながら、待っている次第。

スマホを弄る気にはなれなかった。佳久が部屋にやってきたときに、ダラダラとスマホなど見ていたら失望されてしまうかもしれない。

だから友人らに軽く「今日はありがとう」とメッセージを送ったあとは、マナーモードにしてテーブルに置いていた。今夜はもう、使うことがないだろう。

もう支度はすっかり整っている。準備万端にして待っていることに恥ずかしさはあるものの、出来ていないよりずっといい。

しかし佳久はなかなか帰ってこなかった。明菜は不思議に思ってしまう。

もう二十三時も近付いているくらいだ。

まだご用事が済まないのかな。

不満というよりは心配で、明菜はそわそわしていたのだけど、そのときやっとチャイムが鳴った。どきんっと明菜の心臓が高鳴る。

ついに、という高揚や緊張が一気に高まるのを感じつつ、明菜は椅子を立ち、ドアへ向かった。カチャリと鍵を開け、ドアを開けるとそこにいたのは勿論、佳久。まだタキシード姿だ。

「ただいま」

顔を合わせてひとこと言われて、明菜は「あれっ」と思ってしまった。

今日一日浮かべていた微笑も、今まで会ってきたときの穏やかな様子もない。

なんだかぶっきらぼうですらある……？

そのように感じたのだが、その違和感は正しかった。

「お、お疲れ様です……」

それでも明菜は言って、佳久を招き入れた。

ドアは勝手に閉まる。オートロックなのでそのまま鍵もかかっただろう。

「ああ」

佳久の返事はまたひとことだった。明菜は余計に戸惑ってしまう。

なんだろう、これまでとまったく違う、とはっきり感じたのだ。

「くたびれた。風呂、用意出来てるか」

ネクタイに指を突っ込んで緩めながら、佳久は言う。

明菜は今度、呆気にとられた。

まったく違うどころではない。まるで別人になったような口調と言葉だった。

「あ……はい。お先にいただきました、お掃除をお願いして……」

流石に自分が入ったあと、そのまま入らせるわけにはいかない。

よって清掃を頼んでいた。きっと、既にぴかぴかな状態に戻っているだろう。

「そうか」

しかし返事はたったひとことだった。今までだったら「そうか」のあとに「ありがとう」とか「気が利くな」とか、優しい言葉がついてきただろうに。

この方は本当に佳久さんなのかな、とまで思ってしまう。

明菜の戸惑いは佳久も感じたようだ。ジャケットを脱ぎながら、振り返った。

しかしその表情も、言葉とまったく同じだった。

微笑はなくなっていた。真顔や睨んでいるのとは違うけれど、優しくはない。

「なんだ、ぼうっとして」

明菜はやっと「いえ……」とだけ答えた。

そんな明菜に佳久は笑ったけれど、やはり優しくはない笑みだった。

「もう結婚したんだ。取り繕う必要はないからな」

そして言われたことが、すべての答えであった。

取り繕う……？

必要はない……？

明菜はその意味がすぐにわからなかった。呆然と頭の中で両方を反芻してしまう。

戸惑いに立ち尽くすしかなかった明菜のことは一瞥しかせずに、佳久は「風呂に入る」とだけ言って、さっさとバスルームへ行ってしまった。ばたんと音がして、ドアが閉まる。

しかし明菜はその場からしばらく動けなかった。

驚き、動揺、戸惑い。

そんな感情が体を満たしていた。

取り繕う必要はない。

そう言われたということは、今までは『取り繕っていた』ということだ。

つまり、あの優しくて、人当たりが良くて、穏やかだった様子は……。

明菜は考えて、事実としては理解した。

ただ、心は理解を拒んでいた。

まさか、そんなこと、急に信じられるはずがない。

あの優しい佳久は取り繕われていた、おそらく表向きの顔だった、なんて。

＊＊＊

佳久が風呂から出てくるのに三十分はかかっただろう。

けれど明菜にとってはまったく長い時間ではなかった。それどころか、一瞬だったようにすら感じられた。

頭の中をさっきの佳久の態度と言葉、そこから自分が知ってしまったことがぐるぐる回っているようで、ここまでの緊張などは吹っ飛んでいた。

「なんだ、まだ起きてたのか」

ドアの開く音がして、佳久がバスルームから出てきた。

バスローブ姿で、髪も下ろしたスタイル。清潔な香りがして、本当ならそれはセクシーで魅力的に感じただろうに、それどころではない。

言われたことがそれだったので、明菜はまたわからなくなる。

起きてたって、そんなのは当たり前では？

初夜なのだ。さっさと寝てしまう夜のはずがない。

なのに、こんなの、まるで……。

もはやなにを言ったものかもわからない。なにも言葉にならなかった。

そんな明菜を放っておいて、佳久はミニキッチンのほうへ向かってしまう。明菜はそれを視線で追うしかなかった。

佳久はすぐに戻ってきた。手には炭酸水のペットボトルがある。開けて中身をごくごく飲んで、息をついた。

その様子を見て、明菜はやっとハッとする。ここは自分が「お疲れ様でした」と持ってきて、差し出すところだったのに、ぼうっと見守ってしまった。

「そんなにショックなのか。本性を見せられて」

佳久はもうひとくち飲んで、笑みを浮かべた。どこかからかうような色がある。

「いえ……、その、……」

なにか言おうと思った。

だがやはり、出てこない。

返事なんて「そうです」しかないのに、それは失礼すぎる。

「単純な女だな。ま、そのくらい素直なほうがいいか」

佳久は笑った。くくっと、これまで聞いたこともないような顔と声で笑う。

そして言われたことは、明菜の胸を一瞬で凍り付かせた。

「契約結婚だと言ったろう。その相手に、プライベートでまで、愛想良くしてやる必要などあるものか」

契約結婚……。

確かにそうだったけれど、自分はもう、そんなつもりではなかった。

契約のようなやり取りではあるが、このひととなら、きっと上手くやっていけるだろうと思った。愛情もきっと生まれると思ったのに。

明菜の頭の中を色々な思考がぐるぐる巡ったけれど、同時に感じた。

なにかががらがらと崩れていく。

崩れていったのは佳久のイメージでもあった。でもそれだけではない。

信じたくないけれど、この結婚に夢見たことや、抱いた希望も一緒になくなっていったのだ。

「……はぁ。まさかそこまで単純に呑み込まれていたとは。まぁいい」

佳久は小さくため息をつき、ぐいっと炭酸水を呷って、残り少なくなったペットボトルを明菜に押し付けた。

「俺はもう寝る。お前は好きにしたらいい」

無意識のうちにペットボトルを受け取り、明菜は呆けた気持ちのまま、更にわからなくなった。

寝る……？

好きにしたらいい……？

それはつまり……。

だが、それだけだった。

佳久はさっさとベッドルームへ向かってしまい、そしてばたんとドアが閉まる。これから寝るという言葉は、疑いようもなかった。

混乱のあまり吹っ飛んでいたが、今夜は初夜だ。

佳久が帰ってきて口を開くまでは、それに関してばかりを考えていたというのに。

自分のことは抱かないのだ。初めての夜なのに……。

明菜はぼうっとしたままだったが、立ち尽くしていても仕方がない。

元々、腰掛けていた肘掛け椅子に、ふらふらと戻った。

押し付けられたペットボトルはテーブルに置いた。ミニキッチンの冷蔵庫に戻すなどということすら思いつかなかった。

考えたいことは色々あった。

けれどなにも浮かんでこない。頭の中が痺れたようになっている。

部屋に帰ってきてからの、佳久のあの表情や言葉。あれが本当の姿……。

今までの優しく気遣いある物言い、王子様のような態度は、取り繕われた、いわば外向きだけのものだったのだ。

どうして私にあんな態度でいたんだろう。

思ったけれど、答えなんてすぐわかった。

今までの明菜はいわば『お客様』だったのだ。それがもう、『身内』になったのだから、佳久にとってはあの態度が必要なくなったということだ。

すぐにわかったのに、明菜が呑み込むには到底一晩では足りなかった。

明菜の中にあった大切なもの、期待や希望は、結婚から一日も経たないうちに、すべて崩れて消え失せたのだった。

第四章　結婚生活のはじまり

ぽかぽか良い陽気の日差しが大きな窓から入ってくる。

二月ももう終わり。日によってはもう、春としかいえない陽気の日もあって、今日はそういう日だった。

土曜日の本日、休みの明菜は朝から張りきって家事をしていた。

とはいえ、まだ引っ越してきて一ヵ月も経たない。掃除は軽くで良かった。

メインは片付け。引っ越してきたときの持ち物や、新しく増えた家具や小物など。

窓の外には、綺麗に洗った大きなシーツが干されている。ぽかぽかの日差しだ、よく乾いた上に、太陽の良い香りもするだろう。

ただ、佳久はいなかった。昨日、帰ってきたときに「明日はいつも通りだ」と言われ、明菜は「わかりました」と単純に答えた。

朝、六時半頃に佳久は出掛けていった。朝食は洋風、アイロンをかけたワイシャツや、折り目をつけたスラックスなど支度も万全にして、明菜は佳久を見送った。

それで今、一人で家のことを片付けている。

引っ越したということは、二人で暮らすようになったということだ。

結婚式を挙げただけではなく、籍も入れた。名実共に夫婦である。

……契約のもの、ではあったけれど。

結婚式の日、本当なら初夜だったはずの夜に明菜が知ってしまったこと。

佳久は最初から、この結婚を契約としか捉えていなかったのだ。

辻堂家は医者の家系で、佳久の父は慶長大学附属病院にて教授を務めているほどの立場がある。そんな家であれば、佳久が顔合わせのときに自分で「早めの結婚をと言われている」と言った通り、急かされていても不思議はないだろう。

更に佳久自身も恋愛に積極的でなかったなら、契約結婚は魅力的だったはずだ。

結婚を前提に恋愛をせずとも、ビジネスのように伴侶を得られる。

周りから「結婚しないのか」とつつかれる煩わしさからも解放される。

いわゆる婚活といわれる場で相手を探すのは、家の権威、あるいは佳久自身のプライドなのか。そういったものがきっと許さなかったのだろう。

よって、仕事上の繋がりがある明菜の父に『契約』という形で打診をして、そのまま明菜に話がきた。生まれ、容姿、性格、能力……どの点なのか明菜本人には不明だが、それらの『条件』が、おそらく佳久や辻堂家にとって及第点だった。

佳久がその明菜に愛想良く接していたのは、明菜が心を許し、契約の結婚を受け入れてもいいと思わせるためにだろう。

ある意味、騙されたようなものだ。ショックだったに決まっている。

でも明菜が落ち込んだのは数日のことだった。

もう結婚してしまったのだ。今更やめるとは言えない。

そもそも「話が違う」と声を上げることも出来ないだろう。結婚についても、それに付随する契約についても呑んでしまって、今更そんなことは無理だ。

出来るとしたら、持ちかけた側の佳久だけだが、なにしろ明菜を半ば騙すようにして契約結婚に持ち込んだのだ。あっさり「じゃあやめよう」なんて言ってくれるはずがない。佳久にとっては、非常に首尾良くことが運んだ形なのだから。

だから落ち込むのはやめよう、と明菜は思った。

元々、思い切りは良いほうだ。結婚を決めたのは最終的に自分の意思であるし、少し……心情的にはまったく少しではないが……想定と違ったからといって、落ち込むのもマイナスでしかない、と思う。

それに。

明菜はリビングの棚にある写真立てに、ちらっと視線をやった。

そこには一枚の写真が飾ってある。割合大きめのその写真は、白い薔薇の飾りがついた豪華な写真立てに収められている。

結婚式のときに撮った写真だ。

ウエディングドレスの明菜と、タキシードの佳久が、並んで写っている。

写真の中の明菜は幸せそうに微笑んでいた。このあとに起こったことなどまるで知らない、幸せが待っているのだと信じていた頃の表情だ。

そのことを滑稽だと思っても、ひとつ、明菜にとっての希望はあった。

明菜の横に並ぶ、きりりとしたタキシード姿の佳久。

彼も笑顔だったのだから。

勿論、これだって取り繕った表情なのかもしれない。

結婚式のさなかもそうだったように、表向きの顔というだけなのかもしれない。

でも笑顔に変わりはないいんだよね。

明菜は現像されたあの写真が手元に来たとき、そう思った。

佳久さんは確かに、こんな優しい笑みも浮かべられるひと。

全部嘘だったなんて、そんなことはあるのかな。

あれだって、佳久さんの顔のひとつ。そして今、私に向けている、素っ気なくて、ぶっきらぼうな表情や態度も、そのひとつ。

どっちかしかないなんて、ひとはそんな単純じゃないよ。

そんなふうに、明菜を落ち込みから立ち直らせてくれたのはこの写真だったし、それからの生活で、事あるごとに希望をくれるのもやはりこれだった。

すなわち、佳久のこと。自分はまだ断片しか知らないのだ。

それで決めつけて、失望しかしないなんて短絡的だし、それにやはりこの先、結婚生活を続けていくのだったら、希望的観測を持っておいたほうが良いとも思う。

そんな経緯で明菜の気持ちもだいぶ落ち着いてきて、休日、家事にいそしむことも出来るようになったというわけだ。

今朝は佳久と自分の朝食を作るだけでなく、同時に彼のお弁当も作った。結婚してから、ほぼ毎日作っている。

お弁当自体は以前から作っていた。なにしろ料理が趣味だ。苦にならないし、食費の節約にもなる。好きなものも食べられるし、明菜にとっては良いことしかなかった。

だからそれが二人分になって、より丁寧に作るようになっただけだ。

それから、佳久の好きなものがメインに入るようになった。

結婚としての契約に『お弁当作り』は入っていなかったのだけど、明菜が「会社には毎日お弁当を持っていっています」という話をしたところ、「得意なら作ってもらうか」という話になり、佳久もお弁当を持っていくことに決めたのだ。

病院には立派な食堂があるのだと聞いていた。職員専用で、大きな病院だけあって料理も出来たてで、佳久いわく「まずくはない」そうである。

でもそのあと、「だがもうだいぶ飽きた」と続き、「せっかくだからお前、作れ」と言われた。

よって、佳久が日勤である日は毎日作っている。明菜にとってはなんの負担にもならないどころか、契約について割り切ってからは、むしろ楽しくすらなってきた。

佳久はなにしろ若くて働き盛り。おまけに病院の仕事は体を使うことも多いので、たくさん食べる。料理自体のボリュームも必要だった。

明菜は逆に、デスクワークがほとんどの身。若い女子として、太らないように気も使っている。よって今までは、カロリーを抑えて、でも栄養は足りなくならないように……という考えで作っていたから、内容はだいぶ変わることになった。

今日、佳久に作ったお弁当はカツ丼だった。明菜が休みなので、思い切りボリュームのあるものにしてみたのだ。

昨夜、揚げておいたカツを卵でとじ、ご飯の上に乗せた。その上に三つ葉を飾る。

それだけでは野菜が足りないので、温野菜のオーブン焼きを添えた。

具材はにんじん、じゃがいも、パプリカ、キャベツなど定番のものだが、なにしろオーブンが高性能だ。じっくり熱が通るので、野菜の甘みがたっぷり引き出されて、明菜は初めて作って食べたとき、驚いてしまったほど。

その温野菜は軽く下味をつけてあるだけなので、別添えのディップをつけて食べてもらう。メインがカツ丼という和食なので、味噌マヨネーズにしてみた。

お昼には冷めてしまうけれど、電子レンジはあると言っていたので、あたためてもらえばいい。おいしく食べてもらえるといいけれど、なんて思いながら、明菜は午前中の作業を終えた。

午後は買い物にでも行こうかな、と思う。

結婚しても続けることになった仕事のために、平日はどうしてもゆっくり家事というわけにはいかない。休みの日に、次の週の準備をある程度しておくことを、明菜は覚えつつあった。

家事が契約のひとつなのだから手は抜けない。不足なんてもってのほか。

けれど幸い、佳久はそれほど冷淡ではなかった。

「ちゃんと家事をするなら手順は問わない。上手くいくようにしろ」と、明菜に大部分を任せてくれた。それで仕事も辞めずに済んでいる。

結婚して、お金の心配はまるでなくなった。なにしろ佳久の仕事は医者だ。都内のタワーマンションに3LDKの家を持てるくらいの経済状況。

それに比べれば明菜がOLの仕事で得られるお金など、微々たるもの。

本当なら辞めてもなにも困らないどころか、むしろ辞めてしまったほうが家事に集中出来た。けれど、あまり仕事を辞めたいとは思わなかったのだ。

働くのが特別好きというわけではない。けれど、家に閉じこもりきりというのは気が進まなかっただけだ。家に独りきりでいて、家事だけして……と考えたら、どうも息が詰まりそうだと感じてしまった。

だから家事と仕事の両立で少々忙しくなり、することは増えるのだろうが、仕事を続けたいと言ったところ、佳久は「好きにしろ」と言ってくれた。

理由は「家事に差し障りないなら可ということにしたからな」だったけれど。

しかしこれは、ある意味、明菜の意思を尊重してくれているとも取れることだ。

明菜は許可が出たとき、そう感じて嬉しくもなった。

佳久さんも仕事に真剣だからかな。仕事というものの大切さを、よく思い知っているということなのかも。

もしくは正反対で、私に興味がないからだとは……あまり思いたくないけど。

家事が一段落したことで、そのことを思い出した。なんだかまた、もやもやした思考が浮かんでくる。

割り切ったとしても時々感じてしまう、気持ちの剥離はどうしてもある。そもそもまだ結婚して半月なのだし、仕方がない、と自分に言い聞かせる。

さて、久しぶりに一人でご飯。好きなものを作って、気分転換しよう。

自分にそう言い聞かせ、実際に楽しみな気持ちも湧いてきて、まずは手を洗おうと明菜は洗面所へ向かった。

＊＊＊

その日の午後には予定通り、買い物に出掛けた。近所のスーパーではなく、大きめの輸入食品を扱う店へ。

最近はあまり食材を買いに出掛けなくなっている。これは佳久からの要望だったけれど、「そのへんの肉や野菜では嫌だ」だそうで。

だから今、この家では、冷凍ながらブランド牛や豚を取り寄せ、魚や野菜も産地直送のものをネットで選んで配送してもらうようにしている。

明菜の買い物はスーパーからタブレット端末に移った。専用のサイトにログインし、次の週に必要なものを選んで注文して、都合のいい日に届くようにしてもらう。カードで勝手に決済される金額についても、気にしないように言われていて、節約が身に付いた明菜としては感覚ががらりと変わってしまったものだ。

あれもそれも、最初は戸惑ったが、もうだいぶ慣れた。メニューや食材の使い回しを考えながら、上手く注文出来るようになった。

だから今日、輸入食品店に行ったのは偵察のようなもの。電車でひと駅のところにある商業施設の中、テナントの一軒に入り、色々見はじめた。

調味料を重点的に見ていく。塩コショウ以外にもコンソメ、ハーブ類、ソース、ケチャップなどは基本であるし、和食は勿論、中華、イタリアン、フレンチ……使う調味料も、料理によってさまざま。

明菜はすぐ夢中になった。あちこち目移りする。

あ、これこないだCMでやってた新商品。ハーブが効いてておいしいって謳い文句で、一回試してみたいと思ってたんだよね。こっちは中華みそ……麻婆豆腐、こないだ少し辛いって言われちゃったから、違うのにしようと思ったんだっけ……。

心の中で考えつつ商品を見ていくのはとても楽しかった。一人暮らしの頃、数日に一回スーパーでこうして買い物をしていたと思い出して、懐かしくもなる。

時間もうっかり忘れそうになるくらいだったが、最終的にいくつか瓶やパックを購入して、店を出た。

休日なのだから、商業施設には遊びに来ている家族連れも多い。明らかに夫婦と子ども、といった組み合わせに、明菜はつい視線を引かれてしまった。

子ども。

佳久から、その話は一応、聞かされていた。

「今のところは要らない」という方針だった。

佳久は辻堂家の次男だ。契約結婚をするほど世間体を気にする家なのだから、辻堂家にとって重要なのは長子である兄だろう。

明菜にとっては義兄になった、長男であるそのひとにはもう既に家庭があり、子どもも今のところ二人いる。男の子と女の子。長男に子どもがいるなら、佳久の家庭は、絶対に子どもが必要というわけではない。

佳久の意向としても、忙しい日々であるし、積極的には求めないということだ。

明菜としては悲しかった。

子どもは好きだ。かわいらしいし、育ててみたいし、独身で彼氏がいたときは、結婚したら産みたいな、とも思っていた。

それが最初から「要らない」である。悲しくなって当然だ。

それに、子どもの問題だけではない。

初夜、ホテルでの夜に、さっさと一人で寝室に行ってしまった佳久。

その態度はあれからもまるで同じだった。

つまり、佳久が明菜を抱こうとしたことは、まだ一度もない。

あの日は一日、式で疲れていただろうし、日常に戻ればあるかもしれない。

そう思っていたのに、それは裏切られた。

ベッドルームや、ベッドそのものこそ一緒であるが、触れられるどころか、非常に広い、キングサイズベッドの片側で、佳久はいつも壁のほうを向いて眠ってしまう。

だから明菜も大人しく逆の片側で布団にくるまるしかなかった。寂しい思いや、悲しい気持ちを抱えながら。

別に、そういう行為が特別好きというわけではない。

だが結婚して夫婦になったのだ。

それがないのは、愛情を深める気がないと言われているようなものだ。

むしろそちらのほうに、気持ちは傷ついた。

ただ、完全にシャットアウトではなかった。

子どもについて「必要になるときも来るかもしれないがな」と佳久は言った。つまり、可能性はゼロではない。

それが家の事情なのか、佳久の気持ちや状況の変化なのかはわからない。

おまけにいつなのかもわからない。来るかもわからない。

でもゼロではない。今の明菜はそれを拠り所にするしかなかったし、残念ながらそれが現実だ。

そんな事情を、幸せそうな家族連れを見て実感してしまった明菜。ちょっとぼうっとしていたのかもしれなかった。

「辻堂さん？」

そのせいか、誰かに声をかけられたけれど、すぐ反応が出来なかった。

だってこの名前で呼ばれるようになって、まだ半月だ。おまけにこんなところで急に呼ばれるとは、まったく思っていなかったから。

「あっ……、はい!?」

しかし声をかけられているのだ。ハッとして、返事をした。

もう自分の名字になったというのに、反応が遅すぎた。こんなの、妻として失格じゃない、と反省する。

振り向くと、声をかけてきていたのは男性だった。隣には女性と、小さな女の子がいる。まさに家族連れ。おまけに知り合いだった。会社の上司だ。

「あ、課長！　こんにちは……」

課長である彼は飯田《いいだ》という。中肉中背、容姿も人並みの中年男性。

明菜の直属上司だが、実のところ、明菜は彼にあまり良い感情がなかった。

距離感が近いというか、必要以上だろうと感じてしまうこともあるし、なにかにつけてわざわざ明菜をと指名してくることもよくある。

でも中年の男性なんてそんな感じなのかもしれない。

明菜はそう思うようにして、気にしないよう努めていた。

「こんなところで会うなんてね。買い出しかい？」

「はい」

何気ない世間話がはじまった。明菜は彼の隣にいた女性や女の子にも挨拶をする。

「順調そうでなによりだよ。うちは家族サービスってとこかな」

「そうなんですか。いいお父様ですね」

明菜は無難に相槌を打った。休日に上司と出会ってもあまり嬉しくない。幸い、すぐに会話は終わった。

「じゃ、またね」

課長は手を軽く上げて、去っていく。女性も軽く礼をしてそれに続いた。

「おねえちゃん、ばいばい」

その隣で女の子が明菜を見て、手を振ってくれた。

明菜は課長らに挨拶したあと、にこっと笑って、その子に手を振り返す。

それだけの出来事だったけれど、明菜はなんだか余計に考えてしまった。

私もいつかあんなふうに、家族で仲良く出掛けることが出来るのかな。

ううん、今、考えたって仕方ないって思ったじゃない。今は新しい生活に集中。

改めて帰路に就いた。それでもあの奥さんの優しげな眼差しと、彼女に似た顔立ちのかわいらしい女の子のことを、少し考えてしまった。

＊＊＊

「ただいま」

今日は日勤、早めに上がれたらしい佳久が帰宅したとき、明菜の支度はすべて整っていた。すなわち、夕ご飯は完成し、お風呂も掃除してお湯を張り、ベッドメイクも済んでいるという状態。

「おかえりなさい」

明菜は玄関へ行き、佳久の仕事鞄を受け取った。ずしりと重たいそれの中から、空になったお弁当箱だけもらうのだ。

「疲れた。風呂、沸いてるか」

ネクタイを緩めながら、佳久が聞いてきた。明菜は抜かりなく頷く。

「はい。すぐ入れます」

「なかなか優秀じゃないか」

佳久はそこで笑みを浮かべた。おまけに明菜を褒めてくれる。

その言葉に、明菜はちょっと驚いた。

確かに佳久の物言いはぶっきらぼうで、素っ気ないところがある。

でもたまにこうして、明菜に優しい言葉もかけてくれる。それがからかうような、ちょっと皮肉な口調であっても、確かに褒めてくれる内容だった。

「ありがとうございます。もうご飯の仕上げをしていていいですか?」

明菜の返事は明るくなった。純粋に嬉しかったのだ。

「ああ」

しかしそれだけだった。佳久は背中を向けて、ひとことだけ返して、バスルームへ向かっていく。

明菜は数秒、それを見送ってからキッチンへと向かった。傷ついていいのか、喜んでいいのか、いまいち測りかねているというか。わからないのだ。

佳久はこの結婚を、契約としか思っていない。

それは最初に自分で言ったのだから、その通りだろう。

でも言葉や行動は、すべてが利己的ではない。

むしろ明菜の仕事や生活も考慮してくれる。

「明日はいつも通りか」と聞くとか、「お前のイヤリング、寝室に落ちてたぞ」と落とし物を渡してくれるとか、その程度だけど、それは確かな気遣いや優しさ。

だから明菜は、出来るだけ希望の方向へ心を向けていた。

この先、愛が生まれるかはまだわからない。

でも恋人からはじまる夫婦であっても、愛なんてだんだん育てていくものだろう。スタートが違っても、それは同じだ。

回収したお弁当箱を開けて、洗う支度をしながら、明菜は自分のことも考えた。

佳久のことが好きかと聞かれたら、好きに決まっている。仮にも「このひとならきっと大丈夫」と思って、結婚を受け入れたのだから当然だ。

ただ、それは佳久の表面しか見ていなかった結果だったのだけど、それでもはっきり「好き」だと言える。

でも「愛しているか」と聞かれたら、困ってしまうだろう。

そういう意味では自分もまだ曖昧なんだな、と明菜は思う。

佳久に求めるばかりではなく自分も同じ、近付いていく努力をしたい。

契約結婚とはいえ夫婦であり、愛を誓って結婚したのだから。

明菜がお弁当箱を軽く拭いて食洗機に入れて、夕食の仕上げをしているうちに佳久が風呂から上がってきた。紺チェックのシンプルなパジャマを着ている。

まだ三月に入って間もない。夜間の外は冷えるが、家の中は空調が一括管理されていて、長袖シャツ一枚でも寒くない。

「もうすぐできますよ」

オーブンに入れて保温しておいたハンバーグの具合を確かめながら、明菜は佳久に声をかける。「ああ」と答えた佳久が、こちらへやってきた。

明菜は少しスピードを上げて、テーブルセッティングに取り掛かる。

今日のメニューはデミグラスソースのハンバーグ。

付け合わせはサラダ。レタスをベースに、千切りにんじん、紫キャベツなどの具材だが、カリカリに焼いたベーコンと、クルトンを上に乗せてある。かけるのは、調味料から調合したフレンチドレッシングだ。

それから野菜たっぷりのコンソメスープ。まだ寒いので、煮込んだ料理が一品あると体もあたたまる。

ほかには瓶詰めのピクルスを皿に出した。昼間の買い物で買ってきたものだ。

「うまそうじゃないか」

佳久は席に着き、先に炭酸水を飲んでいる。湯上がりに飲むことが多いので、冷蔵庫には常にストックするようにしていた。

「ありがとうございます！　おいしいと思います」

見た目や香りからでも、期待してもらえるのは嬉しい。明菜の返事は弾んだ。

「自信満々だな」

しかしそれは笑われた。くっくっと、やはり皮肉のような笑い方。

佳久は癖なのか、よくこういう物言いをする。もうだいぶ慣れてきたけれど。

「ええ。佳久さんだって、いつもおいしいと言ってくれるじゃないですか」

よって、言い返した。それには目を細められる。風呂上がりで下りている前髪の下、涼しい目元が細くなった。

「まぁ、そうだがな」

やがてセッティングも整った。お酒は要らないと言われたので、ミネラルウォーターをグラスに注いだ。

「いただきます」

「いただきます」

二人、箸を取って挨拶。夕食の時間は穏やかにはじまった。

まずコンソメスープをひとくち。角切りのじゃがいもやにんじん、いんげんなどが彩り良く入っている。よそったばかりなのでほかほかだ。お腹に優しく落ちていく。

佳久は食べるのが速い。職場ではなるべく早くご飯を済ませるのだと聞いていたので、それでだろう。さっさとメインディッシュのハンバーグに箸を入れている。

明菜はサラダにドレッシングをかけながら、向かいの佳久をちらりと見た。

自分の料理を日常的に食べてくれるひとがいるのは、だいぶ久しぶりだ。それこそ実家を出て以来である。

しかしこれはとても嬉しいものだった。

元々、独りのご飯は少し寂しかったのだと思い知らされる。誰かと一緒に食卓を囲めるのは幸せだし、佳久はそういう気持ちを感じられる相手だ。

「これはなんだ」

佳久が摘まんだのは、ハンバーグのソースに入っていた、ぺらぺらしたものだった。

「ああ、マッシュルームです。お嫌いでしたか?」

ちょっと心配になって、明菜は聞いた。

だがそれには「いや、別に」と返ってくる。

「見慣れないなと思っただけだ」

そう言って、正体がわかったからか、ぱくりと食べる。明菜はほっとした。

佳久はそのままハンバーグを食べていった。合間に副菜も摘まむ。

佳久の食べ方はとても綺麗だ。箸の持ち方も正しいし、動かす仕草も優雅である。

結婚前の顔合わせや、クリスマスディナーのときとは違って、家というくつろいだ場所だというのに、手つきはまったくだらしなくなどない。

佳久はひとつ食べるごとに「おいしい」と言ってくれるわけではないのだが、少なくとも悪くはないのだと、その手つきが示していた。

「ごちそうさま」

明菜がまだ食べている途中なのに佳久は完食して、ミネラルウォーターをゆっくりと呷った。

食事はおしまい、という様子だったので、明菜は気になったことを聞いてみた。

「あの、……もしかして、ピクルス、苦手でしたか？」

佳久はピクルスに一切手をつけなかった。おいしそうだと思って買った、きゅうりやパプリカ、大根など、色々な野菜が入ったピクルス。

「ああ。酸っぱいものはあまり好かない」

そう言われてしまう。明菜は少し残念になったが、良いほうに考えた。

すなわち、好みを知っていけば、こうして苦手なものを出してしまうことも減るではないか、と。

「そうだったんですね。すみません」

謝った明菜だったが、佳久はそれを軽く否定した。

「別に構わない。お前、食うんだろう」

「はい。好きなので……」

明菜は単純に言ったのだが、椅子を引いて立ち上がる佳久が、笑みを浮かべた。

「俺のことばかりじゃなく、お前も好きなものを食うといいさ」

口調と言葉の内容には、少し皮肉が入っていたかもしれなかった。

けれど、明菜はそう受け取らなかった。

佳久の細くなった目に、皮肉の色なんて、少しもなかったのだから。

むしろ優しい、といえるものだった。少し驚いてしまうくらいだ。

「……はい」

返事もそれだけになったくらい。それがおかしかったのか、佳久は、ふっと笑った。

「ま、ほかのはうまかった。じゃ、俺は少し片付けることがあるから」

おまけにもうひとつ、明菜が目を丸くするようなことを言ってくる。

そのままダイニングを出ていった佳久を見送って、明菜は箸を持ったまま、少し動きが止まってしまった。

単にお腹がいっぱいになって、機嫌が良かったのかもしれない。

でも、言ってくれたことは嘘ではないどころか、言葉だけのものでもなかった。

態度も、口調も、表情も、すべてが優しいものだったのだから。

明菜は数秒止めていた箸を、再び動かしはじめた。切り分けたハンバーグを食べて、
次にピクルスの皿を近付けて、きゅうりを摘まんだ。

かりっといい歯ごたえ、きゅっと酸っぱいお酢の味。

何故だか、その酸っぱさは胸の中にきゅんと染み入るようだった。

＊＊＊

遅くなっちゃった、急いで帰らないと。

今日の明菜は、仕事を上がるのが普段より一時間遅くなってしまい、時計を見て少し焦りながら帰り支度をしていた。

ときは三月末。事務仕事は繁忙期だ。会社自体はそう残業が多いというわけではないのだが、この時期だけは仕方がない。佳久にも話はしてあった。

『三月なので、少し忙しくなってしまうかもなんです』

明菜が話したとき、佳久はちらっとこちらを見て『そうなのか』とだけ言った。

どう思ったか、言葉や表情からではわからなくて、明菜は困ってしまった。

『あの……、支障になるようでしたら、……』

言いかけて、詰まった。支障になるようなら、残業を免除してもらって……と言おうと思ったのだけど、それは難しいとすぐに思ったからだ。

いくら結婚して家庭を持ったといっても、残業にまるで参加しないのは迷惑だし、会社のひとたちからの心象や、それによる自分の立場だって危うくなってしまう。

だが結婚に際する条件、『家庭のことに差し障りのないように』を了承したのは自分だ。それなら、その契約を優先すべきということになる。

駄目なら、今回の繁忙期だけは許してもらうようお願いして、でもそのあと仕事を辞めないとなのかな。

そこまで心配になったのだけど、幸い、佳久の返事は冷たくなかった。

『なんだ、別にひと月もかからないんだろう』

夕食後、リビングのソファで、膝の上に置いたタブレット端末を見ていた佳久だったが、明菜の言葉が濁ったからか、顔を上げた。

仕事に集中していい、と言いたげなものだったので、明菜は少し驚いてしまった。

佳久ならば『家のことに手を抜くのは許さない』と言ってもおかしくないと思っていた。それが、これほど優しい返事をしてくれるなんて。

『病院の事務方だってそうだからな。そういうもんだろう』

しれっと言われたけれど、明菜はその言葉で本当に理解する。仕事にウェイトを割かないといけない状態になるのを許してくれるのだ。

『あ、ありがとうございます！』

明菜はお礼を言った。理解があるのかなんなのかわからないが、少なくとも自分にとって有難いことに変わりはなかった。

それで今日もその例によって少し遅くなってしまった。

遅くなるぶんだけ、夕食や風呂の支度といった夜の家事は先送りになりがちだったし、時間もかけられない。

なので明菜は休日をフル活用していた。

料理は作り置きや下ごしらえが出来るものを準備して、冷蔵庫や冷凍庫に入れておく。掃除は休日、重点的におこなって、お風呂場も出来るだけ汚れがつきにくいように、カビ防止シートを貼ったりした。

洗濯も毎日せざるをえないけれど、大物は週末にまとめておこなうようにした。

そのやりくりで、今のところなんとかなっている。

平日は仕事。繁忙期なので、残業がない日のほうが少ない。

休日は家事。これまでより、かかる時間もすることも多くなった。

必然的に、疲れは溜まる一方だったのだろう。そうなるとわかっていたし、朝起きてもだるいことがあったりして、自覚はしていた。なので食事を栄養あるものにしたり、早く寝たりしているのだけど、それでもやはり疲れがちだと感じていた。

今日も、それが出てしまったようだ。

「辻堂さん」

着替えるために、ロッカールームへ行こうとした明菜を呼び止めてきたひとがいた。

それは課長の飯田だった。明菜は何気なく「はい」と振り返ったけれど、その直後、ぎくっとする。

課長の手にあるのは、自分が作っただろう書類だ。

この状況で呼び止められるなんて、まさかミスでもあったのだろうか。

そう思った明菜だったが、残念ながらその通りだった。

「これ、日程の進捗が間違ってたよ。これじゃ会議の予定が狂うだろう」

課長の言ったことに、明菜はもう一度ぎくっとした。そうだ、今日のお昼過ぎに作った資料、急いでいたから確認がきっと足りなかった……。

「す、すみません！　すぐに」

すぐに直さなければ。もう残業して一時間経っているから早く帰りたいに決まっているけれど、ミスがあると指摘されて、そのまま帰るわけにはいかない。

焦って言いかけた明菜だったが、課長は笑みを浮かべた。

その笑顔は優しいものだったはずで、そのあとの言葉もそうだったのに、明菜は何故か、ぞくりとするものを感じてしまった。

「いいや。こっちで処理しておいたよ」

え、と思った。処理しておいたなんて、ミスをカバーしてくれたということだ。

「一応、明日必要なぶんはこっちに回ってきてるから。残りは明日以降に頼むよ」

「あ、ありがとうございます！」

とりあえず、今日これから急いで、ということにはならなさそうだ。ミスはミスだし、申し訳ないけれど、それでも有難い。

「辻堂さんは家のこともあるだろうし、遅くならないほうがいいんだろう」

かけられた言葉は、やはり優しかった。明菜は理由のわからない少し不穏な気持ちを覚えつつも、この状況と言葉のほうを信じることにした。

「はい……申し訳ございません」

「いやいや。俺も家庭があるからね、少しはわかるつもりだよ。じゃ、明日、また」

確かに課長は結婚してもう十年近くになると聞いている。家庭持ちであるゆえの忙しさや事情はある意味、自分よりずっとよく知っているのだろうと明菜は解釈した。

「はい！」

もう一度、「すみません」と言おうとしたけれど、そればかり繰り返すのも、と思ったときには課長が手を振っていた。好意的な仕草だった。

「ほら、早く帰るといい。旦那様が待っているんだろう」

ただ、『旦那様』という言い方に、歪んだものを感じてしまったのは何故だろう。

「はい！　では、すみませんがお先に失礼いたします」

でも有難いことを言われているのだ。明菜は小さくぺこりと頭を下げて、その場を離れた。しかしロッカールームへ向かう心の中は、暗くなってしまった。

ミスをしてしまうなんて。おまけにひとにカバーしてもらって、不甲斐ない。

駄目だなぁ、やっぱり疲れてるみたい。少しリフレッシュしないと。今日はお気に入りの入浴剤でも入れて、ゆっくりお風呂に浸かろうかな。

明菜は落ち込む気持ちを抱えつつ、そのまま着替えをして急ぎ足で会社を出た。

駅へ向かい、電車に乗り、そこでスマホを見て、拍子抜けした。

佳久からメッセージが届いていた。

『急患が入った。遅くなる。先に食ってろ』

今夜は遅くなるのだ。つまり、それほど急ぐ必要はなくなったわけだ。

ほっとしたけれど、そのあとすぐに、罪悪感を覚えてしまった。

私ったら、仕事で迷惑をかけちゃったうえに、時間に余裕が出来たって喜ぶなんて、そんなの利己的すぎるよ。

そう思って、違う意味で心が落ちた。

忙しい時期なのだから、仕方がないとは思う。でも上手くいかないのは確かだ。

はぁ、と息をついて、明菜は電車の電光掲示板を無意味に見上げた。

早く年度末が終わるといいな、と思う。やりたいことも、やるべきことも、たくさんあるけれど、なにより心も体も、少し休みたかった。

＊＊＊

「お疲れ様です」

午前中の勤務を終えて、佳久はバックヤードへ向かう。すれ違う同僚や看護師に、にこやかな挨拶をした。

午前中は主にカンファレンス……いわゆるミーティングと回診。いつも通りのスケジュール。今日は午後に手術の予定も入っていなかったので、特に気を張る必要も、急ぐ必要もない。心情的に落ち着ける日だ。

さぁ、飯だ。

佳久は昼休みを過ごすために、共同の休憩室へ向かった。今まで昼休みとなれば、休憩室ではなく、食堂へ行っていたのだけど、最近は大抵、休憩室だった。

理由など簡単で、昼食がお弁当になったからだ。

明菜に話した通り、もう食堂のメニューには飽きてきた。この改寿総合病院に勤務しはじめてからもう長い。毎日食べれば飽きもする。

よって気分を変えるため、明菜にお弁当を作るよう申し付けたのだけど、すぐに「これは意外に良かった」と思った。

なにしろ毎日メニューが違う。ボリュームもたっぷり。

おまけに内容もどんどん自分好みになっていくときた。

今では不覚にも、お弁当を楽しみにする気持ちすら生まれるようになって、それは今日も同じだった。

佳久は休憩室の冷蔵庫に保管していたお弁当を取り出し、蓋を取って、電子レンジに入れる。数十秒であたたまったそれを取り出し、テーブルへ向かった。

先にいたひとたちに「お疲れ様です」と挨拶をして、席に着く。

いつも使っている黒い大きめの弁当箱。中身を改めて見ると、今日は和食だった。

佳久が和食を好むからだろう、明菜も作ってくれることが増えていた。

ご飯は青菜が混ぜてある。おかずは筑前煮、鶏のソテー……。野菜を肉で巻いたもののように見える一品を見て、なんだろうと首を小さくかしげる。名前がわからない。でもうまそうだ、と思い、箸を入れようとしたところへ声をかけられた。

「辻堂ドクター、今日もおいしそうなお弁当ですな」

そちらを見ると同僚がいる。佳久とそう年齢の変わらない、小太りで優しげな目元をした、内科医の佐渡《さわたり》ドクターだ。

「ありがとうございます」

佳久は微笑を浮かべた。ほぼ、心からの返事だ。

「毎日、愛妻弁当なんて愛されてますねぇ」

ただ、次に言われたことには、内心苦笑してしまった。

愛されている、というのは、多分違うだろうと思ってしまったから。

明菜は毎日、こうして丁寧に作ったお弁当を持たせてくれる。

家のことも不足なくおこなってくれる。

だがそれは愛ゆえにではない。契約した結婚生活だからだ。

「まぁ、そうかもしれません」

よって返事は曖昧になった。しかし佐渡は別段、不審だとは思わなかったようだ。単に『素直に肯定するのが照れくさい』とか、そう取った顔をする。

「俺も早く嫁さんもらって、こういう弁当が食べたいものですよ」

今日もコンビニ弁当らしい佐渡は微笑で言って、「じゃ、お邪魔してすみませんでした」と去っていった。佳久は内心、やれやれと思い、お弁当に向き直る。

今度こそ箸を入れた。これまでの癖で、食べるのは速い。次から次へとおかずを摘まみ、合間に混ぜご飯を食べていく。

おいしかった。コンビニ弁当や食堂のご飯にはない、丁寧に作られた味がする。

それを食べながら、佳久は明菜のことを考えた。

確かに愛はない。ただ、好意は持ってくれているだろう。

そのくらいわかっている。少しの好意もなければ、たとえ契約でもこんな優しい味のご飯が出てくるものか。

そして自分からも、明菜に対して確実に好ましい感情が生まれてきていることを、自覚していた。

夜も早いうちに帰宅出来る日は、作りたてのおいしい夕食が待っている。あたたかな風呂も沸いている。

月に数回ある夜勤の日は、それがないのを少々惜しいと思ってしまうくらい。

布団は頻繁に布団乾燥機にかけられていて、ふかふか。

シーツは晴れた日、外に干されているので、お日様のような良い香り。

部屋だってあちこちぴかぴかだ。室内は勿論、汚れやすい洗面台や風呂といった水回りもよく磨かれているし、快適だ。

これまでハウスキーパーに頼んでいたときだって、家が綺麗なこと自体は変わらなかったのに、どうしてか、感じられるものがまったく違う。

居心地のいい住環境や食べるもの。それは確かに明菜が佳久にもたらしているものだ。そんな相手を好ましく思わないわけがない。

考えている間に佳久はぺろりとお弁当を平らげて、ペットボトルのお茶を呷った。

お腹は満たされて、満足感でいっぱいだ。

しかし、ひとつだけ物足りない、と思ったことがある。

向かいで箸を使っているひとがいないこと。

一緒に食事をとってくれるひとがいないこと。

それだけが何故か、病院の休憩室で食べる食事に足りない、と思ってしまう。

早く帰りたい、と無意識のうちに思い、佳久はそんな思考に自分で驚いた。

今までこんなことは考えたことがなかったのに。

家なんて、ほぼ寝に帰るような場所だったのに。

帰ってゆっくり過ごしたい、と思ってしまうほどになるなんて。

＊＊＊

その日の明菜は少し落ち込んでいた。

今日は木曜日。休日まではあと一日ある。

なのに洗濯済みのシーツを切らしてしまったのだ。

本当はあと一枚残っているはずだった。

だけど先週、雨だったことで洗濯を少し減らしていた。

おまけにそれに気付いたのもだいぶ遅かった。

帰宅後、夕食の準備をして、その少しあとに帰ってきた佳久が風呂に入っている間にベッドメイクをしようとした、そのときになってやっと、ハッとした。

気付いたとき、ぎくっとして、体が一気に冷えるような心持ちになった。

家事を不足なくおこなう契約で結婚して、今のこの繁忙期だって仕事にウェイトを割くのを許してもらっているのに、この失態。

だが、ないものはない。明菜はおそるおそる、佳久に申し出た。

「すみません……、シーツを切らしてしまって……」

風呂上がりでパジャマ姿の佳久は、最初、よくわからないという顔をした。

「シーツならいくらでもあるじゃないか」

「いえ、お洗濯がですね……」

そう説明して、やっと通じた。佳久はちょっと顔をしかめる。

「困ったもんだ」

「すみません……、すぐお洗濯して、乾燥機ですみませんが乾かします」

明菜はしゅんとして謝るしかない。今からそうすれば今夜、使うぶんはある。

ただ、乾燥機を明菜はあまり好まなかった。

タワーマンションは布団が干せないので、マットレスや布団は乾燥機を使う。

洗濯物についても、雨が続く日などには浴室乾燥機を使って乾かす。

でもよく晴れた日に、お日様の下で干した洗濯物の心地良さとは比べ物にならない、と思っている。だから毎週、シーツはまとめて洗って干していたのに。

「そうしてくれ」

明菜を数秒見ていた佳久だったけれど、ひとことだけ言った。

そのまま、ふいっとリビングの奥へ行ってしまう。

明菜の胸がもっと冷えた。

契約のひとつを失敗してしまったのだから、怒らせただろうか。

それでも自分が悪い。叱られても仕方がないだろう。

明菜は落ち込みながら、脱衣室に取り付けられている洗濯機に応急処置としてシーツを一枚入れた。これは今から使うぶんだ。

今日のぶんが無事支度出来たら、そのあとに、明日使うぶんももう一枚、同じように洗っておかなければいけない。

一枚目は三十分ほどで洗い終わった。すぐ乾燥機に切り替える。

ぶぉん、ぶぉん、と、小さく音を立てながら回るドラム式洗濯乾燥機を見ながら、はぁ、とため息が出てしまった。

繁忙期はあと一週間ほどで終わる予定だ。そうすれば少しゆっくり出来る。

だから気が抜けかけてたのかな。

明菜はそう思い、心の中でもうひとつため息をついた。

佳久に迷惑をかけてしまったことと、もうひとつ。

ちゃんとやることが出来なかった自分に対しても、落ち込んでしまった。

＊＊＊

その翌日、金曜日の夜。

明菜は繁忙期最後の週末だった。勿論、残業だ。

それでも佳久の夕食を作る時間には帰ることが出来たので、比較的簡単なものにはなったけれど、いつも通り夕食の支度をした。

しかし帰ってきた佳久を玄関で迎えたとき、明菜はきょとんとしてしまう。

佳久が「ん」と小さく言って、なにか押し付けてきたことに。

それはケーキ屋の箱だった。

「え、……あの、なにか、ありましたっけ……」

明菜は受け取って、箱を見ながら戸惑った。

ケーキなんて、お祝いでもあっただろうか？

佳久の誕生日でも、自分の誕生日でもない。思い当たることはなにもなかった。

しかし佳久は顔をしかめる。

その表情が気まずそうだったのは見間違いかな、と明菜は思った。

「お前、疲れてるんだろ。これでも食って休むといい」

言われて、今度はぽかんとしてしまった。

ケーキを……私が疲れてるからって……わざわざ?

明菜のその反応に、佳久はますます気まずそうな顔をして、すぐに「風呂に入る」と行ってしまった。

しかし明菜はしばらく玄関に立ち尽くしていた。

信じられない、と思った。

だってこれは、気遣いではないか。

家のことで迷惑をかけてしまったのだから、怒ったっていいのに、仕事を辞めろと言われても仕方がなかったのに……。

なのに、佳久がくれたのはケーキの箱と、優しい言葉。

次には、かっと胸が熱くなっていた。急に体がぽかぽかしてくる。

佳久さん、私のために……。

頬まで熱くなりそうだった。

嬉しい、と素直に思う。両手で持ったケーキの箱を見下ろした。

白い箱には、金色の箔押しで少しだけ模様が入っている。シンプルな外見だ。

でもそれだけに、安くて適当な店のものではないとわかる。

わざわざ買いに行ってくれたのだ。きっと今日も忙しかっただろうに。

そこで明菜はやっと、ハッとした。

驚いて意外に思うばかりで、お礼も言っていなかった。

ああ、もう、私ったら。

もらったんだからすぐに「ありがとうございます」って言わないとだったのに。

佳久さんがお風呂から上がったら、一番に言おう。

悔やんだものの、それより嬉しく思った気持ちが上回っていた。

明菜は大切にケーキの箱を抱えて、キッチンへ戻った。

冷蔵庫に入れておいて、夕食の準備を再開して、食事が終わったらリビングでゆっくりいただこうと思う。

そこでふと、思った。

ケーキはいくつあるのだろう。佳久も食べるのだろうか。

甘いものはそこまで好きではないようだから、明菜のぶんだけでもおかしくない。でもそれだと少し寂しいな、と思って、見てみようと箱を開ける。

見えた中身は、明菜の顔をほころばせた。

箱の中にはケーキがふたつ入っていた。

レアチーズケーキ。上にちょこんとクリームとミントの葉が乗っていて、とてもかわいらしいそれが、ふたつ並んで入っていたのだ。

＊＊＊

「お茶会、久しぶりだね！」

すっかりあたたかくなった日差しが差し込む、カフェのテラス席。

明菜は甘い香りのフレーバーティーが入ったカップを手にしながら、はしゃいだ声を出してしまった。

「繁忙期、すっごく忙しかったもんね。ここ数年で一番だったかも」

ケーキにフォークを入れながら、安堵のため息をついたのは真美。共に繁忙期を乗り切ったが、やはり疲れは大きかっただろう。

「でももう三年目だしさ。新入社員よりだいぶ色々任されるようになった、ってことだから」

明菜は繁忙期の間、散々大変な思いをしたというのに、そんなことを言っていた。喉元過ぎれば熱さを忘れる、というけれど、出来ることや、任せてもらえることが増えるのは嬉しい。

「明菜は優等生だねぇ」

真美は苦笑しつつ、もうひとくちケーキを口に入れる。おいしい、と幸せそうに顔をほころばせた。

「ところで明菜は新婚生活、どうなの?」

横から別の友達が聞いてきた。今日は大学時代からの友達同士でお茶会をしていて、違う場所で働いている子たちと会うのは久しぶりだ。

「上手くいってると思うよ」

この質問もしばらくされていなかった、と思いつつ明菜は答える。

愛情があるかどうかはともかく、生活は立派に成り立っているし、一緒に暮らす家族としては、佳久との関係だって悪くないと思う。

それなら『上手くいってる』でいいだろう。

「まだ結婚して二ヵ月くらいでしょ。それでいきなり繁忙期なんて大変だったね」

別の友達も気遣うことを言ってくれる。

明菜はあたたかな気持ちを覚えた。会社の中でも、同僚や先輩などと労い合うことはあるけれど、外から言ってもらえるのはまた別だから。

「まぁね。でも佳久さんも『仕事に集中していい』って言ってくれたから……。それでだいぶ助かったかも」

話は明菜と佳久のことに移っていく。

この中で明菜は唯一の既婚者だ。そもそも二十四歳で結婚というのが、このご時世では早いほうだろうから。

それでもあまり嫉妬されてはいないと思う。

友達も彼氏がいる子ばかりだし、「ゴールインが早くていいなぁ」「しかも玉の輿でしょ」と言われることがあっても、まだ焦らなくていい年頃ということだろう。

よってこの場の空気も、会話も平和だった。

「そう！　佳久さんにこの間、お会いしちゃったんだよ！」

真美がそれに反応して言った。明菜は数日前のことを思い出す。

明菜の仕事終わりに、「早上がりになったから」と、佳久が迎えに来てくれた。

繁忙期が終わった私を気遣ってくれたのかな、と明菜は思った。

そのとき一緒にいた真美にちょうど会ったのだ。

「そうなんだ！」

「式のときは見てただけだったから、羨ましいなぁ」

友達も話を聞く体勢になる。

しかし真美の話に、明菜はあのとき佳久と真美が交わしたやり取りを思い出して、恥ずかしくなってしまった。


『いつも明菜がお世話になってます』

真美に挨拶した佳久は、丁寧でにこやかだった。

それは表向けの態度だと明菜はもう知ってしまっているのだけど、それでもそう言ってもらえれば、伴侶として認められていると感じて、嬉しくなる。

『いえ！　私こそいつも仲良くしてもらって……』

真美はちょっと緊張した様子で答えていた。

友達と夫が和やかに話しているのはとても嬉しいし、良いことだけど、明菜はどうしてもくすぐったかった。

『これからもよろしくお願いしますね。明菜は頑張っているようですが、俺は会社勤めというのをよく知らないので、少し心配で』

佳久はそのときそんなふうに言って、明菜の腰を抱き寄せてきたのだから、明菜は驚いてしまったものだ。

恥ずかしさと、驚きと、それから喜び。

いや、そんなの表向きで『いい夫婦』として見てもらうためだから。

それ以上はないから……。

そう思うのに、佳久に抱き寄せられたときの、しっかりとした体の厚みと、確かな体温。すごく嬉しくなってしまった。

明菜が思い出しているうちに、その出来事は真美によって話されてしまい、その場は沸き立った。

「すごい！　愛されてるねー」

「してくれることもイケメンすぎる！」

はしゃがれて余計に恥ずかしくなった。

否定も肯定も出来ないし、どう答えたものか、と思ってしまう。

けれど明菜が返事をするまでもなかった。女友達同士の話なんて、次から次へと新しい話題が出てくるのだから。

今度は別の子の話になった。彼氏と今度テーマパークに行くのだという。

明菜はほっとして、その子の話を聞いた。まだ付き合いたてで初々しい関係の話はまた別の楽しさがあって、明菜まで嬉しくなってくる。

繁忙期も終わった。日差しはぽかぽかあたたかくて、すっかり春。

おいしいお茶とケーキ。気心知れた友達。何気ない会話。

明菜の心は穏やかだった。こんなに落ち着いて過ごせたのは随分久しぶりだ。

今ばかりは結婚が契約だとか、仕事の愚痴だとか、つまらないことは思考に出てこない。それはとても幸せなこと。

お茶会の昼下がりはゆっくりと過ぎていって、夕方解散して帰宅しても、楽しかった気持ちは眠るまで続いていた。

第五章　暗雲

四月も中旬に差し掛かった。明菜の私生活は平和だったといえる。

佳久の仕事も忙しくないようだった。たまに帰宅が遅くなったり、もしくは「急患だ」と出ていくことがあっても、大ごとになっている様子はない、と明菜は感じた。

ただ、仕事について、ちょっと憂鬱なことがあった。

「辻堂さん、今日ランチでも一緒にどうかな」

今日も誘われて、明菜は内心ため息をつきたい気持ちになった。最近、やたらと声をかけられる。それも業務以外のところで。

「すみません、お昼はお弁当なので……」

明菜は素っ気なくなりすぎないように気をつけながら、課長である飯田の誘いを断った。こう誘われるのももう何回目だったか、と思ってしまう。

「たまには外で食べてもいいんじゃないか？　毎日弁当だと飽きるだろ」

おまけにそんな失礼なことまで言われて、明菜は、むっとした。

飽きるなんて、自分の料理まで悪く言われたように感じたのだ。単純に迷惑である以外にも無礼だろう。

「いえ、お弁当が好きなので。好きなものを食べられますし、楽しみなんですよ」

でもそれをそのまま言うわけにはいかない。明菜は努力して笑みを浮かべた。

「そういうもんかね。俺は弁当なんかとっくに飽きたけど」

もうひとつ、自分の妻をけなすような無礼を飯田が追加したところで、うしろから声がかかった。

「明菜！　ごめん、遅くなって。お弁当食べに行こうよ……あ、すみません、飯田課長とお話ししてたんですね」

さっと明菜の横に立ったのは真美。明菜が絡まれていると見て取って、来てくれたのだろう。明菜は心底ほっとした。

「……いや。もう終わったから。辻堂さん、今度絶対に行こうな」

飯田が不快だ、という視線を真美に向けたけれど、それだけで終わってくれて、フロアから出ていった。

それを見送って、明菜は内心、再度のため息をついた。表に出さなかっただけでも褒めてほしい、なんてことまで思ってしまう。

「課長、最近やたら明菜に構うよね」

真美が来たのは、助けてくれたのもあるけれど、本当にお弁当を一緒に食べるからでもある。連れ立って休憩室へ向かう間、心配そうに言われた。

「うん……なんなんだろう」

一旦、逃れられたことに安堵したものの、解決したわけではない。憂鬱が蘇ってきて、明菜は呟いた。

「明菜、結婚してるのにまさか、って思うけど、気をつけたほうがいいよね」

真美は眉を下げてそう言った。心配をかけてしまった、と明菜の胸が痛む。

「うん、わかってる。ありがとう」

笑ってみせた明菜だったけれど、少し思った。

佳久さんに相談したほうがいいのかな、と。

でも数秒考えて、やめることにした。

佳久は忙しいのだ。最近、小論文を書くとのことで、家でもよく書斎にこもっている。そんなところに余計な心配をかけるなんて。

明菜は内心、首を振った。

大丈夫、悪いようになんてならないよ。

課長も既婚者でお子さんだっているんだから。

部下に手を出すわけないし、きっと少しちょっかいをかけたいだけ。

無理にでもそう思うことにした。

しかしそれは楽観だったことを、しばらくあとに思い知ることになる。

＊＊＊

「辻堂さん、今日の外回り、付き合ってくれないかな」

その事件は数日後に起こった。朝礼で課長直々に指名されてしまっては、断れるはずがない。今日は課長より上の上司がいないのも悪かった。それを承知で仕掛けてきたのだろう。

「あの、今日は資料作りを終わらせないとなんですけど……」

無駄だろうと思いつつも明菜は言った。その言葉は実際、無駄になった。

「ああ、明日でいい。外回りのほうが急ぎだから。頼むよ」

「……はい」

明菜は今回、ため息どころではない気持ちで承諾するしかなかった。二人で外回りなんて、嫌どころではなく、妙なことでも起こるのではないかという不安がある。

しかし逃げられるはずはなく、明菜は飯田の運転する社用車に乗せられ、会社を連れ出されてしまった。

一応、外回りというのは本当のことだった。いくつか会社を回って、挨拶や書類のやり取りをしていたのだから。

でもどう考えても、自分がついていく必要はなかっただろう、と明菜は思った。

ただ、現在取り組んでいるプロジェクトのスケジュール管理が明菜なので、それについて話すように言われることはあったけれど、そんなものは課長の立場であれば自分で把握しているに決まっている。

私がまったくランチに応じないからって、こんな形で連れ出すなんて。

社用車を運転する飯田が上機嫌で話しかけてくるのに対して、散漫に受け答えしつつも、明菜はうんざりしてしまった。

更に、そうなるだろうとは思ったけれど、「帰っている時間はないから、適当に食べていこう」と、流れという形で一緒に食事をすることになった。

『適当に』の割には、そこそこのレストランだったのがまた腹立たしい。最初からこうするつもりだったのだ、と感じさせられる。

そのイタリアンのレストランは、内装も凝っていて、料理も綺麗に盛り付けられていた。味だって、普通に訪れたのならとてもおいしいと思っただろうけれど、状況が状況である。おいしいどころか、砂を嚙んでいるような感覚だった。

「辻堂さん、今度はディナーにしようか」

明菜が強く抵抗しなかったからか、夕方が近くなり、やっと会社に戻れるとなったとき、そんなふうに言われた。

おまけに運転席から伸ばされた手が、明菜の腿に触れる。

スカート越しだったが、ぞわっとした。

それでも逃げられない。車は走っているし、シートベルトもしているのだから、手を払うことすら出来なかった。ショックが強すぎたのもある。

「……それは困ります」

やっと言った。せめてもと身をよじって避けようとしながら。

「どうして。旦那がいるからとか言うのかい」

その通りに決まっているのに、飯田はぬけぬけと言ってくる。

明菜はもう、どうしたらいいかわからなかった。

このひとの倫理観や常識はどうなっているのか、と恐ろしくなる。

「当たり前です。ほかの男のひとと食事なんて……」

やっと言ったのに、それは一蹴された。

「堅いねぇ。飯くらいいいだろ。それに旦那じゃ不満なこともあるんじゃないの?」

もう一度、明菜の背筋がぞくっと震えた。

不満なこと、というのが、なにを指しているかなんてわからないものか。

佳久とそういう関係はないけれど、だからといって、ほかの男性とそんな行為は許されないし、したいはずもない。

なのに性的な視線で見られているのも、迫られているのも気持ち悪いし、恐ろしすぎる。

ただ、明菜にとっての幸運は、そこで会社の駐車場に着いたことだ。一応、外回りという体だったから、あまり寄り道をすると疑われる。

「ありません! 私、先に戻ります」

なんとか言った。シートベルトを外して、持ってきていた小さなトートバッグを掴んで、ドアを開けて外に出る。夕方の日差しになんだか、くらっとした。

「まぁ、そのうちね」

ドアを閉める前に聞こえた声は、聞かなかったふりをした。

明菜は速足で会社の建物へと向かう。

帰社の報告をしなければだが、それはさっきの飯田課長にすべきことだった。

それなら省いてもいいだろう、ということにして、自販機のある小さな休憩スペースへ向かう。

簡易なベンチに、どさっと腰掛けた。どっと疲れが出た気がする。今度こそ隠せずに、はぁ、とため息が出た。

最悪の半日だった、と思う。連れ出されたのも、ランチも、……セクハラも。

思い出せばまた悪寒が蘇りそうで、明菜はなんとかそれを押さえつけた。自販機で飲み物を買って、一気に呷る。

すべて流してしまいたかった。

今日起こったことも、感じた嫌な気持ちも、全部。

＊＊＊

佳久はすっきりしない思いを抱えていた。

ここ数日、いや、もう十日は越そうか。そのくらいの間だ。

特になにが変わったとも思わない。日常はごく普通だった。

仕事も、家の中も、それから明菜の様子も変わりない。

しかし最後に思った『明菜の様子』。

佳久は思い浮かべて、眉を少しだけ寄せた。

別におかしくはない。繁忙期も終わって、毎日定時で帰るようになった明菜は、家のことも元通り、無理なく、前のように不足なくおこなってくれるようになった。

遅くなってもいないし、寄り道もしていなさそうだ。

休日も、家で家事をしているか、その合間に少しのんびりしているかが大半だ。

一度だけ「友達と会ってきます」と出掛けたことはあったけれど、夕方前には戻ってきていたようだった。その日の夕食も完璧だったのだから。

ではなにが違和感なのだろうか。わからないということが、またすっきりしない。

あまり考えたくないことだが、妻の様子になんとなくすっきりしない、というものを感じたら、一番あり得るのは不貞行為、つまり浮気かなにかだろう。

佳久も例によって、それが頭に浮かんで、今度ははっきり顔をしかめた。

だがそれにしては明菜の行動があまりに健全だった。仮に昼間、会社でそういうことがあったとしても、不自然は態度にまるで出ないはずがない。その素振りもない。

明菜の行動はいつも通りだったけれど……。

佳久は考えて、思い当たった。

なんとなく落ち着きがない、といえるだろうか。

それは的確な言葉に近いのかもしれないけれど、佳久はまた『少し違う』と思わざるを得なかった。

疲れていて、注意力が散漫になっているなら、繁忙期のようになるだろう。すなわち元気がなかったり、ミスをしてしまったり。

だがそれとは違う。内心、首をひねるばかりの佳久だった。

聞いてみようかとも思った。

「なにかあったのか」とか「疲れてるのか」とか、言葉はなんでもいい。

それが一番手っ取り早いだろう。

けれどなかなかタイミングがなかったのと、それから、どうもためらってしまった。

こんなこと、明菜を気にかけているようではないか。

いや、契約上でも妻なのだから、気にかけるものだろうとは思う。様子がおかしいと感じるなら、なおさらだ。

だからこうしてためらってしまうあたりが、自分もきっとおかしいのだ。

自分があまりスマートでない自覚はあった。

はじめの頃、明菜に接していたときの態度は別だ。取り繕っているときや、もしくは仕事上などでそんなことはない。むしろ世渡りは上手いほうだともいえる。

だが、素の自分というのか。家で家族と過ごしたりする、気を張らない状況の自分は、何故かそうなれない。思えば子どもの頃からそうだった。

佳久は医者の家系に生まれた。父親は慶長大学附属病院教授だ。

父の能力なら開業医になることも可能だっただろう。

しかし元々大学病院で研究にも携わっていた身なので、そちらの分野で活動していたいという理由だろうなと、大人になった佳久は推測した。

更に教授であるほうが権威は大きい。プライドの高い父だ、そのためもあるのだろう、とも内心感じている。

佳久の兄は父と同じ慶長大学附属病院に勤めているので、佳久にも、同じ場所で働かないかという話がこなかったこともない。

だが佳久は大学を卒業し、本格的に医者となる際、父から少し距離を置くことを望んだ。よって別の病院、現在勤める改寿総合病院の勤務医になることにしたのだ。

その選択は、子どもの頃からの思いや、少々の軋轢が生ませたもの。

祖父や父は医者で、兄も既に医者を志していた環境だ。佳久も子どもの頃から「将来はお医者さん」というビジョンがあったし、そのために勉強にも進んで取り組んだ。

しかし佳久の父親は、長子である佳久の兄にばかり気をかけて、佳久に対しては最低限の扱いしかしてくれなかった。

寂しかったに決まっている。兄と同じように自分のことも見てほしかった。息子としても、また、医者を志す存在としても、そう望んでいた。

なのに佳久がそのときどうしたかというと、ただひたすら勉強をするだけだった。勉強をして、いい成績を取れば、きっと父さんも優しくしてくれるだろう。愚かなことに、そう思い込むようにして、ひたすら勉強した。

結果、確かにいい成績は取れた。中学や高校、大学受験も問題なかった。

だが、それは『父親に自分を見てもらう』という意味では、なんの効果もなかったといっていい。父親からは「良かったな」「まぁまぁだな」などという素っ気ない反応しかなかったのだから。

医大での学年も後半になる頃には、父親に認めてもらうことも、すっかり諦めた。大人になってまで父親からの肯定を望みたくもない。だから現在は「そういうものだ」くらいに思っている。

だが、そんな育ちや、結局認めてもらいきれなかった出来事から、自分自身の生き方が不器用だということはよく思い知らされた。

そして今、それが悪いように影響しているのだ。そのくらいは理解出来る。

ただ、理解は出来ても実際に動くとなると話は別だ。ストレートに「なにかあったのか」と聞くことすら出来ない。つくづく情けない、と思うばかり。

その悶々とした気持ちや、取り巻く違和感が形としてはっきり表れたのは、ある夜のキッチンだった。

「……これは……」

帰宅し、風呂に入り、夕食。次は明菜が風呂、といった日常だったが、佳久は飲み物を取りに入ったキッチンで、不審なものを見てしまった。

それは作業台に置いてあった、小さなゴミ袋。不審に思ったのは中身についてだ。

半透明の袋だから直接見えないが、想像はついた。

「……」

佳久は、目をすがめてそれを観察した。

明らかにおかしかった。口をしっかり縛られている袋の中には、やわらかいものが入っているように見える。

まるでなにか、残飯でも入れたようではないか。

しかしその先を考える余裕はなくなった。

「佳久さん？」

明菜の声がリビングから聞こえてきて佳久は、ハッとした。急いでその場から立ち去る。風呂を上がった明菜が、廊下からリビングへ入ってきていた。

「なんだ」

いつも通りに言ったはずだったのに、佳久は自覚する。どこか動揺した声音だっただろう。

だが気付かれなかったようだ。リビングへ戻った佳久に明菜が言ってきたことは、普段、何気なくやり取りしているような内容だった。

「あ、いえ。ハンカチが出ていませんでしたから、鞄の中かなと……」

そういえば今日のハンカチは、帰りがけに使って、もう帰るからと服のポケットではなく鞄に入れたのだった。それを出すようにというだけだ。

「ああ、鞄だろう。入れっぱなしだったな」

「良かったです。洗濯かごに入れておいてくれればいいですから」

佳久の返事に、明菜はにこっと笑った。その笑みに、何故か佳久の胸はざわついた。

明菜のおかしな様子。さっき見てしまった妙なもの。

合わせれば、なにか起こったのだと想像がついてしまったのだから。

「ああ。わかった」

しかし今、聞くわけにはいかない。やめておいて、それだけ言った。

明菜はそのまま「リビングにいますね」と言って、奥のほうへ行った。タブレット端末でなにか見て、リラックスタイムを過ごすようだ。

けれど、佳久のほうは到底リラックスどころではなかった。

なにかがあったのだ。

料理が好きで、ご飯を残すことも滅多になくて、食べ物を大切にする明菜。

その彼女が、持っていったお弁当を食べずに家でゴミ袋に入れてしまうほど、普通ではないことが。

＊＊＊

その日は明菜と約束をしていた。夕方、明菜の帰りに佳久が迎えに行って、そのまま実家へ向かうという用事だ。

旅行のお土産を渡したいと、明菜の実家に呼ばれたのだ。

明菜の母から「二人のお宅にお持ちしましょうか」と申し出があったのだけど、それでは来てもらうタイミングが難しくなる。

よって佳久は明菜から「お母さんがお土産を渡したいって言ってくれてるんですけど……」と言われたとき、「ああ、じゃあ車を出すか」と答えた。

わざわざ言ってきたということは、明菜に会いたいのは勿論であるけれど、夫婦揃っているところに会いたいのだろう、と想像したのだ。

そのようなわけで、佳久は明菜の会社まで車で向かった。

駐車場に乗り入れ、少し見渡して、来客用のスペースに停めることにした。

一応、来客ではあるだろう。それに、明菜を拾ってすぐに再出発するのだ。

駐車した車から出て、キーのボタンを押して施錠する。

さて、明菜は約束の場所にもう来ているか……。

思いながら会社の建物へ向かおうとした佳久だったが、そこで会社のほうから一人の男性がやってくるのが見えた。

退勤するところという様子だった。冴えない、という形容が似合うほどには、洗練されてもいなければ、格好良くもない、普通の中年男性だ。

なので佳久は興味も持たず、一瞥しかしなかった。

興味などなかったはずだった。

なのに彼とすれ違った途端、悪寒に近い、冷えるような感覚が背筋に走る。

なんだ、これ。

疑問を覚えて、さっさと歩いていったその人物を、つい振り返った。

彼は自分のものらしき国産車に近付いて、開けようとしているところだった。佳久が振り返ったことには気付かなかった。

……普通の社員だ。気のせいかなにかだろうな。

佳久はそう思っておくことにして、視線を前に戻した。

ただ、会社の建物へ向かう足取りはなんだか速足になってしまった。

＊＊＊

会社の建物へ入り、受付で「辻堂の夫です」と挨拶する。受付の女性はにこやかに「そちらのロビーをご利用くださいませ」と言った。

そこで待つことにして、佳久はロビーのソファに腰掛けた。

スマホを取り出して、ちょっと目をすがめる。明菜からメッセージが来ていた。

『すみません！　五分くらい遅れるかもしれません。ロビーで待っていてもらえますか？　急いで行きます！』

まったく、困ったやつだ。この俺を待たせるとはな。

そう思ったものの、別に五分くらい構わない。待つことにした佳久だったが、そこで見知った女性が向こうからやってくるのが見えた。

「あら！　明菜の旦那さん」

もう帰るのだろう、私服姿の女性は真美だ。

佳久は笑みを浮かべてソファを立つ。軽く会釈をした。

「どうも。山澤さんでしたね。いつも明菜がお世話になっております」

「いえいえ！　私こそ……」

明菜が特別親しくしている同僚で女友達だ。佳久も、すぐにわかるほどには知人といえる。真美も笑みを浮かべて、ぺこりとお辞儀をしてきた。

そこでふと、佳久は思いついた。

先日の妙な予感。

会社でのことなら、同僚のこの子がなにか知っているかもしれない。

ためらったのは数秒だった。とりあえず、探りを入れてみようと決める。

「最近、明菜はどうですか。会社でも順調でしょうか」

明菜の様子という、無難な話題から切り出した。真美も軽く返答する。

「はい！　それは勿論。サポート役として評価されてるんですよ。明菜も熱心なタイプですし……」

なんだ、別におかしなことはないのか。では会社以外でのことだろうか。

佳久はそう思ったのだけど、直後、ぎくっとした。

「ですが、それでちょっと働きすぎなとこはあるかもしれません。この間、外回りに付き合ったとき、だいぶ疲れちゃったみたいでしたから心配で……」

外回り？

佳久は違和感を覚えた。事務職の明菜が外回りに行くとは不自然だ。

「……そういうことって、よくあるんですか？」

佳久の声が低くなったからか、真美は、ハッとしたような顔をした。

「あ、いえ……、私もなんでかな、って思ったんですけど。あ、旦那さんにこんなこと話しちゃってすみません。きっと大丈夫……」

だが佳久はそれによって確信した。きっとこれは手掛かりだ。

「いえ。なにか変わったことがあったなら教えてください。明菜が体でも壊したら心配ですから」

そう言い訳をして、真美を促す。真美はためらったようだが、佳久も引くつもりない。なにか摑めそうなのだから。

「あの……本当に、言っていいのかわからないんですけど……」

言葉を濁しながら真美が話してくれたことに、佳久は内心、息を呑んだ。

明菜はしばらく前、課長に外回りの付き添いをするよう命じられたという。課長の要請に逆らえるはずもなく、そのまま出掛けていって、そして会社に帰ってきたのは夕方だった……。

内容はこのくらいだった。真美が意図的に伏せたのか、それともそこまで知らなかったのかは定かではないが、佳久にとってはじゅうぶんな情報だ。

明菜の様子がおかしい現状は、これが原因に決まっている。

あとは自分でどうにかすることだ。

佳久は少し努力が必要だったけれど、笑みを浮かべた。真美を安心させるためだ。

「ありがとうございます。きっと普段と違うことをして疲れたんでしょうね。俺から休むように言っておきます」

真美は佳久のその言葉で安心したようだった。

「はい。私も明菜には元気でいてほしいですから、……あっ」

真美が微笑に戻って言いかけたとき、こちらへ駆けてくる足音がした。帰り支度を整えた明菜がやってくる。

「すみません、佳久さん！　お待たせしてしまって……、あれ、真美？」

佳久は、話が一段落していたことに安堵した。明菜本人に聞かれてしまっては、きっと厄介なことだっただろう。

「明菜！　ちょうどお会いしたの」

真美も明るい調子で言った。明菜はなにもおかしく思わなかったらしい。

そのまま真美ともう少し話をしたあと、二人は連れ立って会社を出た。

車に乗り込んで、佳久が車を発進させてからは、いつも通りだった。

「お父さんとお母さんね、伊豆《いず》の温泉に行ってきたんですって。結構定番が好きだから、温泉饅頭とかかもしれないです。佳久さん、お好きですか？」

お土産の予想なんて、何気ない話題になる。佳久は「そうか」「別に饅頭は嫌いじゃない」などと無難な相槌を打ちつつ、内心、考えていた。

勿論、真美の話から得た情報を、どう生かしてこのあと動くかである。

＊＊＊

深夜のリビング。佳久は部屋の照明を落とし、ソファ横の間接照明だけをつけた薄暗い中で、手元のタブレット端末に視線を落としていた。

そこにはいくつかのデータが表示されている。佳久はそれを上から下まで読んで、更に下へスクロールして……とじっくり検証していった。

大体、予想した通りだったな、と思う。

捨てられていた明菜のお弁当。

真美から聞いた話。

そのふたつから推測し、それに則って佳久は動いた。

実家・辻堂家の使用人に詳しく調べさせた。家事や警備をする担当ではなく、教授である父の地位を保持するために雇っている者たちだが、彼らに依頼したのだ。

そして佳久の予想は当たった。

データと資料、それから報告メールを何度も読んで、佳久はため息をついた。

ただ、悪いものではなく、安堵からくるものだった。

これが本当なら、一瞬頭を過ぎってしまった危惧、すなわち不倫という可能性は、ほぼ潰れたことになる。明菜に非はないのだろう。

まったく、あいつが進んで男と関係を持とうとしたのでなくて、本当に良かった。

頭に浮かんだのはそれだった。

穏やかにそう思ってから佳久は、はたとした。

一体どうして、こんな穏やかに安堵してしまったというのだろうか。

ここしばらくすっきりしない思いでいたことが、解決はまだだとしても理由はほぼわかったし、解決の希望もある。

おまけに明菜が契約を違反したわけでもない。つまり契約解除をする必要もない。だから安堵して当たり前ではあるのだけど。

ただ、どうもそれだけではないように佳久には思えた。それが戸惑いに繋がる。

これではまるで、明菜との契約がなくなるのを嫌だと思ったようではないか。

そう分析して、更に戸惑った。けれどすぐに自分に言い聞かせる。

契約が解除になったら、また一からほかの女性を探さなくてはいけない。そんな可能性が消えたのだから、安堵して当然だ。

それは多分、まるで間違いではなかったのだろうけれど、すべて正解でないことくらい、自分でわかっていた。

ではなんなのか。

佳久がタブレット端末を散漫に見ながら考えているところへ、かたん、と音がした。

そちらを見ると、パジャマ姿の明菜がリビングに入ってきたところだ。

ぎくっとする。明菜の身辺について調べていたことに気付かれただろうか。

だがそれは違ったようだ。明菜は明らかに、寝起きでまだはっきり覚醒していないという様子だった。眠っていたけれど、目が覚めてしまったようだ。

「どうした」

佳久は声をかけた。その言葉に自分で驚く。

なかなかないくらい、優しい口調になったものだから。

明菜は特に気にしなかったようだけど。

「いえ……少し、喉が渇いて……。佳久さん、まだ休まないのですか？」

本当に、目が覚めて偶然出てきただけだったらしい。

佳久は今度、違う理由でほっとした。今はまだ明菜に知られないほうがいい。

「そうか。俺ももう少ししたら寝る。お前は寝てろ」

「はい」

明菜はふにゃっと笑った。まるで寝ぼけた子どものように、無邪気ともいえる表情だった。佳久は何故かそれにどきりとしてしまう。

なんだ、寝起きの顔くらいもう何度も見てるじゃないか。寝ぼけたときの様子だって、別に初めて見たわけじゃない。

なのに、どうしてこんなに安心感と胸の騒ぎを同時に覚えるというのか。

明菜はやはりそんな佳久の様子に気付かず、キッチンで水を飲んできたようだ。

そのあとはもう一度、「おやすみなさい」と佳久に言い、寝室へ戻っていった。

ピンク色のパジャマを着た後ろ姿が消えるのを見送って、佳久は息をついた。

自分がこんなに必死になった理由も、不倫の可能性が消えて安堵した理由も、今、目にした明菜を……愛おしく思った理由も。

本当はわかるような気がしたのだから。

＊＊＊

それから数日が経った。もう四月も終わりに近い。

うららかないい陽気の日が続いていたけれど、明菜の気持ちは晴れなかった。

あれから飯田があからさまに誘ってくることはなかった。

けれど完全になくなったわけでもない。事あるごとに声はかけられるし、一度などは資料室でうっかり二人きりになってしまったのをいいことに、飯田の手が伸びてきた。さりげない様子だったけれど、腰に触れられて、心底ぞわっとした。

そのときはちょうど別の社員が資料室に入ってきて事なきを得たけれど、これからどうなってしまうのかわからない。

明菜は以前より更に悩むようになっていた。すなわち、このセクハラを受けている事態をどこかに相談したほうがいい、ということについて。

大きな相談先は二ヵ所あった。

会社の人事部。

もしくは家、佳久。

だが両方、気が進まなかった。

人事部に相談すれば、既婚女性に手を出そうとしている社員がいるのだから、夫に連絡が行ってしまうかもしれない。会社のほうで、佳久の電話番号も緊急連絡先として登録されているのだから。

かといって、佳久に直接「今、こういうことをされていて」などと相談するのはもっと気が進まなかった。だって佳久を嫌な気持ちにさせてしまうかもしれない。

でも、それを考えるたびに明菜はその思考を振り払おうとしていた。

佳久さんはそんな冷たいひとじゃない。

結婚は契約だけど、家族として私を大事にしてくれるひと。

私がこんな目に遭っていると知ったら、きっと心配してくれる。

しかし明菜は連日の出来事に、心が疲れていたのかもしれない。不安がどうしても完全に払拭出来なかった。

おまけにもうひとつ理由がある。

佳久は現在、多忙なのだ。取り組んでいた小論文の作業に加え、ここ数日は集中して診ないといけない患者が入院してきたから、とのことで、毎日帰りが遅かったし、急に夜勤になったことも、それが長引いたこともあった。

そんなときに、こんなつまらない相談なんて出来るものか。

負担になりたくない。迷惑をかけたくない。

そんな気持ちまで加わって、明菜はもう行き詰まっていた。そしてその行き詰まりにつけ込むように、飯田が再び誘ってきたのはその数日後のことであった。

＊＊＊

「辻堂さん、もう帰るのか？」

帰ろうとしたところへ声をかけられて、明菜はぎくっとした。

そこに立っているのが飯田だったからだ。

嫌な予感しかしない。散々、狙うように付きまとわれていたからというだけではない。きっと悪いことになる、と女性の防衛本能が告げていた。

「……ちょっと急ぎますので」

明菜の言葉も声も、警戒たっぷりだっただろうに、飯田は引かない。笑みを浮かべて外を指差してきた。

「じゃあ駅まで一緒に行こう」

誘いというより、強制だった。歩きと言われたが、明菜にとって不利だったのは、帰宅時間で、社員が多く行き交うロビーでの話だったことだ。

こんな場所、ほかのひともいるところで、嫌だなんて強く言えない。

明菜の控えめな性格はそう思わせてしまって、嫌々ながら、「では駅まで……」と言わざるを得なかった。

車だったら絶対に、もう無礼だろうとも断ろうと思った。

でも歩きで、駅までは人通りも多い。妙なことはされないだろう。

そう思ったのだけど、その考えは楽観だった。

「辻堂さん、最近、旦那とはどうなの？」

薄暗くなった道を駅に向かって歩く明菜は、速足になっていた。

もうさっさと駅に着いて、電車に乗ってしまいたい。そんな気持ちだったのに、不意に飯田が質問してきた。明菜は心の中で顔をしかめる。

でもやはり無視も出来ない。無難なことを言った。

「普通です。仲も良いですし」

明菜の言葉は素っ気ないといえるレベルになっていただろうに、飯田はめげない。

「そう？　辻堂さん、まだ結婚してそう経ってないだろ。毎晩一緒に過ごしてるんだろうな」

言われて、明菜はむかっとした。感じたのは、怒りと嫌悪の両方だ。

いかにもいやらしい含みがあります、と伝わってくる。

「そういうことはやめていただけますか」

明菜は思い切って、はっきり言った。

やや遠回しだが、この発言はセクハラだ。

だがやはりここで引いてくれるはずはない。

「なにがだね」

ぬけぬけと返してこられて明菜は詰まった。まさかあからさまなことは言えない。

わかって言ってくるのだ、と気付いて、明菜は嫌悪感でいっぱいになる。

もうこんなことは嫌、佳久さんにちゃんと話さないと……!

明菜が思ったとき、ガッと腕を掴まれた。

明菜の背筋が、ぞわっとする。

次いで、そこから痛みが湧いてきた。それほど強く掴まれたのだ。

「辻堂さん、意外と初心みたいだね。俺が色々教えてやろうか」

飯田は、はっきりとにやにやした表情になっていた。

視線も同じだった。明菜の身にいやらしい視線が絡みつく。

悪寒が這い上がってきた。やめてください、と振り払うつもりだったけれど、それより早く、ぐいっと引っ張られてしまう。

なに、こんな駅までの道で乱暴したらひとの目が……。

明菜はそう思ったのだが、ハッとした。

やり取りするうちに、繁華街へ向かう道まで来ていた。こんな場所であれば、ただの痴話だと思われるかもしれない。わかってこの場所で仕掛けてきたのだろう。

明菜は歯嚙みしたい気持ちになる。

「すぐそこに俺の行きつけがあるんだよ。少し休憩していくだけだから」

明菜は今度、悪寒より恐ろしさを感じた。どんな場所かなんてわからないものか。

「やめてください！」

声を出し、腕も振り払おうとした。けれど声は到底大きくならなかったし、腕も同じだった。男性の強い力で捕まえられて、若い女性が容易に振り払えるものか。

逃げられない、周りにも気付いてもらえない。

恐怖が膨れ上がったけれど、その間にも飯田は明菜を引っ張ってずんずん歩いていく。行き先は勿論、ホテルだろう。

叫ばないと、と思った。もしくはスマホで警察に電話をかけるとか……。

でもそんなことは咄嗟に出来ない。明菜は恐怖で吐き気と涙を同時に感じながら、せめてもの抵抗にもがくしかなかった。

ピンクのネオンが光る、安っぽくて低俗な建物を「そこだから」と飯田が示してきたときだった。

「なにをしている」

低い声がした。しかしその声は普段、穏やかなことを明菜は知っている。

ゆえに、すぐにはわからなかった。

その低い声を発したのが佳久である、ということに。

「な、なんだ、お前は……」

はっきり咎められて、飯田は動揺した様子を見せた。けれど「そのあたりにいた男だろう」と思ったらしい。不快そうな顔になる。

しかし明菜の凍り付いていた喉は、反射的に動いた。

だって、何度も、何度も呼んだ名前だったのだから。

「佳久さん！」

ネオンサインが溢れる繁華街なんて場所に似つかわしくない人物に向かって、明菜は叫んだ。

明菜が混乱しているうちに近付いてきていたのだろう。いつの間にか数メートルもない距離にいた彼は普段通りのスーツと髪型。

でもその髪型は少し乱れていた、と明菜は場違いなところを見てしまった。

「よしひさ……!?」

明菜の呼んだ声に、飯田は驚愕の表情を浮かべた。

既婚女性がこんな様子で、しかも男性に向かって名前を『さん』付けで呼ぶ存在は、そうそういない。それなら、その相手なんてきっと……。

佳久は数歩の距離を一瞬で詰めてきた。

そしてあっと思ったとき、明菜の体はもうしっかりと佳久に抱き寄せられていた。

飯田が彼に気を取られたために、摑む力が緩くなっていたのが幸いした形だ。

大きくて分厚く、確かな体温を持った胸に、明菜はぐっと抱かれる。

明菜の腰に回った手も同じだった。力強いのに、とても優しい。

どきん、と明菜の心臓が跳ねあがる。ここまで悪寒ばかり感じていたところが一気にあたたかくなった。まるで体温がそのまま移ったようだ。

明菜を抱きしめ、佳久はまるで腹の底から吐き出すような声で言った。

「俺の妻になにか用か」

まるで恫喝するように威圧的な声だった。自分に向けられていたら、恐ろしさに震え上がっただろう、と明菜は感じる。

その通り、向けられた先の飯田は表情が強張って、凍り付いた。

「い、いや……ただ、通りかかっただけで」

「ほう。ホテル街に、こいつの腕を摑んで引きずり込んでおいて？」

震え声でなんとか言い訳されたそれを、佳久は一蹴する。

一体どこから見られていたのだろう、と明菜は佳久から伝わってくるあたたかさと張りつめた空気による恐ろしさを両方感じながら、思った。

無意識に手を持ち上げていた。触れたスーツの胸あたりをぎゅっと握る。

まるで縋るような仕草に、佳久がちらっと一瞬だけそこを見た。

「貴様、三ツ橋コーポレーションの飯田総一郎《そういちろう》だな。役職は課長、と」

佳久は淡々と挙げていった。すべて的確だった。

明菜は今度、違う意味で混乱した。こんな上司がいることも、勿論名前も、佳久に話したことなどない。

動揺したのは飯田も同じだったらしい。

「ど、どうしてそんなことを……」

同じく震え声だった。明菜に対する数々の手出しを、この場で制裁されるのだと、もうわかっていたのだろう。

だがなんとか逃げ出したい。そんな情けなくて小狡い気持ちが伝わってくる。

「身辺調査させたからな。それで、ここにこんなものがある」

明菜を片腕で抱きしめている佳久は、逆の手をポケットに入れた。スマホを取り出して、すっと画面を飯田に向ける。

画面に映っているのはなんなのか、明菜からは見えなかったが、見なくてもわかる。きっと飯田が明菜の腕を捕まえて、無理やり一軒のホテルに連れ込もうとしたときの場面だ。

「そ、それは……」

正面から見せられて、飯田の表情が歪んだ。

これは決定的な証拠である。じゅうぶんな説得力と効力を持つだろう。

「ついでに録音データもある。聞くか？」

佳久は片手でスマホを操作し、ある音声を流した。勿論、先ほどの明菜と飯田のやり取りだ。

飯田は今度こそ黙った。震えているのすら見える。

その飯田に、佳久は静かな口調で、しかしあの低い声で言った。

「俺の妻に不貞を働かせようとしたと、会社に通告してもいいんだぞ」

ヒッ、と飯田の喉から情けない声が洩れた。ガバッとうずくまり、手をつく。

「すまなかった！　すみませんでした！　それだけは許してください……！」

明菜をしっかり抱きしめた佳久と、その前で土下座をしている飯田。

周りからちらちらと好奇の目が向けられるのを感じた。そんなものを感じていたいはずがない。佳久が、明菜を更に近くへ、ぐいっと抱き寄せる。

「今は見逃してやるが、このあとのことはわかっているな。……明菜。帰るぞ」

冷たい声で飯田に向かって言い放ったあと、佳久は明菜を促した。

その声は硬かったけれど、明菜にはわかった。

この声はまったく冷たくない。張りつめてはいるけれど、いつも自分に向けてくれているものと同じだ。

「は、……はい」

なんとか返事をした明菜に、佳久は僅かに笑みの表情になった。

そのまま明菜の肩をしっかり抱いて、佳久は別の道へ向かっていった。

明菜は今更、心臓がバクバクしてくるのを感じていた。

しっかり密着しているのだ。あたたかくて、力強い体を全身で感じる。

まだ混乱していた明菜が、やっと安堵出来たのは、佳久の車が停められた駐車場に着いてからであった。車で来ていたらしい。

でもどうしてこんなところへ？

私を迎えに来てくれたとしても、それなら会社の駐車場に停めるはずでは？

明菜は少々ずれたことを考えてしまったのだけど、そんなつまらない疑問は即座に吹っ飛んだ。

ぐいっと、今度は正面から佳久に抱きしめられたのだから。

「よ、佳久……さん……」

明菜はなんとか言葉を発した。

護るように、渡さないというように、抱きしめられている。

その気持ちが、しっかり触れ合うあたたかな体から伝わってきた。

長身である佳久の胸に、明菜はすっぽり埋まってしまう。そのために顔や表情を見ることは叶わなかったけれど、見なくてもわかった。

「無事で良かった」

佳久の硬い声。でもその中には、安心という響きがたっぷり込められている。その気持ちを噛み締めるように言われた言葉だ。

私を助けに来てくれたんだ。

明菜は抱いてくれる腕と、声と、言葉からやっと実感として理解した。

混乱や緊張、恐怖が一気に溶ける。今更ながら、明菜の体をぶるりと震わせた。

「佳久さん……！」

激情が爆発し、明菜は意識する前に動いていた。佳久の胸に縋るように、ぎゅっと抱きつく。

こんなふうに握りしめたり顔を押し付けたりしたら、ぱりっとしたスーツがヨレたり汚れたりしてしまうのに、今はそんなことを気にしている余裕などなかった。

「ありがとう……、ござい、ます……っ」

絞り出したお礼の声は震えた。

でももう恐怖からのものではない。心の底から安心したという気持ちだ。

その明菜の背中に腕が回った。太くてしっかりしている腕が背中をすっぽり包み、撫でてくれる。

大丈夫だ、と伝えるように。

それから、ここにいる、と伝えるように。

もう片方の手が、明菜の髪に触れた。頭をしっかり抱え込んでくれる。やはり護るような手つきだ。

こんなふうにしてもらったことなどなくて、戸惑うところだったかもしれないのに、明菜が感じられたのは、溢れんばかりの安心と喜びだった。

助けに来てくれたのは、契約があったからかもしれない。

でも本気で明菜を心配してくれたのだと、声や触れた全身から伝わってくる。わからないはずがない。

「怖かったろう。もう大丈夫だ」

明菜の髪を優しく撫でながら言われた言葉と声音は、撫でる手つきと同じく、優しいものになっていた。

恐怖と、それが去った安心と、それから佳久に対する感情によって、遅ればせながら涙もじわりと滲んでくる。

その明菜をしばらく抱いていてくれて、何分経っただろうか。

佳久は明菜の肩に触れ、そっと剝がして顔を覗き込み、ひとことだけ言う。

「帰ろう」

とても優しい表情と声だった。

＊＊＊

その夜はとても夕食作りどころではなく、近くの店から取り寄せのライトミールになってしまった。けれど申し訳ないのはそこではない。

言葉少なな食事を済ませ、リビングに落ち着いた明菜と佳久。

佳久は当たり前のように、ソファに座った明菜に寄り添う形で腰掛けてきた。

くすぐったさを覚えつつも、今はこうしていたいと明菜は思う。

こうしていてほしい、とも思った。そして佳久はそれを叶えてくれるのだ。

「どうして黙っていた」

佳久は明菜の腰に腕を回し、しっかり体を寄りかからせながら、言った。

言葉はそれだったが、明菜には伝わってきた。

これは怒りではない。叱られているのでもない。

純粋に心配してくれたからだ。

「……ごめんなさい」

明菜はぽつりと言った。

後悔していた。こんな危険な目に遭ってしまうなら、もっと早く相談しておくべきだった。後悔先に立たずであるけれど。

「あなたに迷惑をかけたくなくて……、最近、忙しいみたいだったし……」

佳久の優しさが胸の中に染み入ってくるようで、なんだか涙声になってきた。

自分は、佳久を信頼していないような行動をとってしまったのだ。

「まったく、困ったやつだ」

はぁ、と佳久がため息をつくのが、触れた体から伝わってきた。

明菜はもう一度胸を痛めて、「ごめんなさい」と言ったのだけど、佳久が言ったのは責めるような言葉ではなかった。

「迷惑だの、忙しいだの、関係あるか。お前が危ない目に遭ってたっていうのに」

呆れたような声だったが、明菜の胸がどくんと高鳴った。かっと体も熱くなる。

なんて優しい言葉なのか。じわじわと心臓から全身に熱が回っていくような、優しくてあたたかな言葉だ。

なにか言おうと思った。

ありがとうございます、とか、すみませんでした、とか。

でもどちらも適切でないように感じる。もっと相応しい言葉があるような、と思うのだけど、すぐにわからなかった。

ただ体が熱くて、胸もどきどきして、触れ合った体の感触を、もっとはっきり抱いていた。

そんな明菜の腰を佳久が、ぐっと引き寄せた。明菜はバランスを崩して前のめりになる。一瞬ひやっとしたのだけど、直後、驚いた。

佳久は引き寄せた明菜を、しっかり胸に抱き込んできたのだから。

あのとき、帰ってくる前に抱きしめてくれたのとまったく同じだった。

「もっと俺を頼れ。抱え込むんじゃない」

その言葉と共に、背中に腕が回って、ぎゅっと抱きしめられる。

今度、明菜は触れ合ったところからとくとくと、心臓の鼓動と熱が伝わってくるのを感じられた。

ああ、このひとはここにいてくれる。

私のそばにいてくれる。

護ってくれる……。

明菜は実感して、今度は激情ではない気持ちが湧いてきた。

それは幸せ、という気持ちだ。

「……はい」

明菜はそっと目を閉じた。力を抜いて、佳久に体を預ける姿勢になる。

とても心地良かった。安心出来た。

佳久に抱きしめられて、心からこんな気持ちになったのは初めてだった。

でもこう感じられるのが、とても嬉しい。

「まぁ、俺のことを気遣ってくれたのは嬉しいけどな」

佳久は明菜の体を今度はソフトに抱きながら言った。もう落ち着いた声だ。佳久の常の口調、ちょっと皮肉っぽい言い方でもある。

だが明菜にとっては不快どころか、いつも通りの時間に戻ってきたのだと感じられるような、むしろ安心する言い方だった。

この夜は寄り添ったまま過ごしていた。テレビの音も、たまに流しているジャズやクラシックといった音楽もなにもなかった。

なのにまったく気まずくなどなくて、佳久の存在だけで心がいっぱいになっていくようで、明菜は満たされた気持ちで目を閉じていた。

＊＊＊

数日後、明菜は出勤した会社で呆気にとられた。

急な通告があったからだ。

課長が変わるという告知だった。営業三課にいた係長が、昇進して異動してくると書いてあった。

が、問題なのは課長が変わる理由だった。

営業二課　課長　飯田総一郎

就業規則第三条違反に該当するため、解雇処分とすることを決定いたしましたので、ここに通知いたします。

掲示されていたのはこのような内容。

セクハラが原因とは書かれていなかったが、『就業規則第三条』を見れば、その類のことであるとはわかった。

明菜だけではなく、きっと社員のほとんどもそう受け取るはずだ。

その日は会社中がこの話題だった。ひそひそとであったが、とても落ち着いてはいられないという様子。

明菜が張本人とも書かれていなかったが、一日が終わる頃には「辻堂さん、最近ちょっかい出されてたから、それ関係じゃないの」なんて推測に落ち着いたようだ。

だが表立って聞かれるということはなかったので、明菜はそれでいいことにしておいた。藪蛇をつつくこともない。

ただ、真美はやはり心配してくれた。「明菜、なにかあった?」と聞かれて、それは嬉しかったけれど、その場で「実はあの日の帰りに……」なんて詳しく話すわけにはいかない。

よって、「今度、外で改めて話すよ」ということになった。

その日、先に詳しく話を聞きたいのは佳久だったからだ。

＊＊＊

「あの、佳久さん」

定時に退勤出来て、今日は特に凝ってもいなければ手も抜いていない夕食を用意した。それも済んだあと、明菜はおずおずと切り出す。

風呂も先に済ませていた佳久は、リビングでリラックスタイムを過ごしていたが、その声かけに「なんだ」とこちらを向いた。

「えっと……今日、会社のほうで……」

言いかけたものの、どう言ったものかためらった。内容など、事実をそのまま伝えるだけなのだけど、はっきり言っていいのか、と思ってしまう。

佳久はそれをわかっていた、とばかりに、しれっと言った。

「ああ。あいつだろう。無事解雇になったか」

「知ってたんですか⁉」

当たり前のように言われて、明菜は驚いた。おまけにどう聞いても、手を下したのは自分だという言い方ではないか。

「知ってるもなにも。お前に手を出したんだから解雇でも生ぬるいだろう」

「な、生ぬるいなんて……」

佳久はなんでもないというように、ピッピッとテレビのリモコンを押していたけれど、明菜の声が戸惑ったからか、こちらを向く。

明菜はその視線に、ちょっとぞくっとした。

佳久の目の奥で、なにかがぎらっと光ったように感じたのだ。

「俺の妻に手を出したんだから、そのくらい当然だろう。それに、俺は『今は見逃してやる』と言っただけで、許すとは言っていない」

はっきり言い切った佳久。その言葉で明菜は理解した。

ぎらっと光ったのは、怒りだ。

佳久は本気で怒っているのだ。

明菜の身に降りかかったことと、自分の妻に手を出されたことについて。

それは単に、契約相手にちょっかいをかけられたからだと解釈しても、適切だったかもしれない。

でも明菜が感じたのは少し違っていた。

佳久さんは、『私が』手を出されたから怒ってくれたんだ、と思った。

契約相手をただ奪い返すだけなら、あれほどの激情にはならないだろう。

それ以上に、あれほど情熱的にしっかり抱きしめてくれるものか。

明菜は自分の心と体で、佳久の気持ちを実感したのだ。

いくら散々、嫌悪を与えられていた相手とはいえ、飯田の解雇処分に喜んではいけないだろう。

だが危険は去ったのだし、おまけにそれは佳久がしてくれたことだ。

だから適切な言葉にするなら、安心、なのだろう。

でもほっとしたとか、ありがとうとか、そのまま言うのは性格が悪いと思われるかもしれない。

よって明菜はどう言ったものか、また迷ってしまったのだけど、その前に佳久が笑った。くくっと、やはりいつものように少し皮肉っぽい笑い方だ。

「ま、これでわかっただろうさ。お前に手を出したらどうなるかをな」

しれっとそんなふうに言うのはちょっと怖い、と思いつつも、それは自分を護ってくれる宣言だったのだろう。明菜にはそう伝わった。

「……ありがとうございます、と言っていいのか……わからないですが」

明菜は考え、考え、言った。それはまた彼に笑われてしまったが。

「慎ましいな。すっきりしたとか、せいせいしたとか言ってもいいのに」

からかうような言葉だったのに、明菜はつい正面から返してしまった。

「いえ、流石にそれは……」

「冗談だ」

今度はもっとはっきり、くつくつと声を出して笑われる。明菜はやっと、茶化されたことを理解した。ちょっと恥ずかしくなってしまう。

でもこんなふざけたやり取りが出来るくらい、心配や不安は去ったのだ。

「お前は優しすぎるくらいだからな。……そこがいいところだろうよ」

おまけに最後に言ってくれた言葉は、明菜を褒めるようなもので、明菜はどきっとしてしまった。

優しいとか、いいところとか、言われて嬉しくないはずがない。

いや、それどころか、ただ褒めてくれるだけではない。

いくら契約とはいえ、佳久は夫なのだ。

その相手に言われては、意識してしまっても仕方がない。

きっと女性として好感を持ってもらえたのだ、と。

「なんだ、顔を赤くして」

なのにそれはまたからかわれた。おまけに言われて自覚する。

顔に出てしまっていたのだ。むしろそちらのほうが恥ずかしい。

「か、からかわないでください……、佳久さんは、いつもそんなふうに……」

明菜は言ったけれど、これもまた拗ねたようになってしまった。

それでもこういうやり取りが出来るのはやはり安心であり、それ以上に幸せなことなのだ。

第六章　落とされた陰謀

その日の佳久は少し気落ちしていた。すっかり初夏になった、梅雨前の清々しい空気すら楽しみきれない。

出掛ける前、明菜に酷いことを言ってしまった。

些細なきっかけだった。その日は午前中からオペが緊急で入ると連絡があり、気が立っていたにすぎない。

急いで家を出ようとしたとき、明菜が「ごめんなさい、聞き忘れたんですが……」と声をかけてきた。その内容が「週末にあるレクリエーション出席の返事を、今日までにしなくてはいけなかった」というものだったので、落ち着いていなかった佳久は苛立ちを覚えた。

「どうして時間のあるときに言わないんだ」

「ごめんなさい、忘れていて……」

明菜は言葉通り申し訳なさそうだったし、それにそのくらいのミス、誰にでもあるだろうけれど、そのときの佳久には苛立ちの種にしかならなかった。

「ほかの男が遊びで来るようなところに行くつもりなのか」

皮肉どころではない、嫌味になった。

明菜は顔を強張らせて、「そういう場では……」と言いかけたのだけど、それ以上聞きたかったわけがない。

「また変な男に目をつけられたらどうしてくれる。悪い噂が立ったら俺が困るんだ」

ついそう言ってしまった。

それを聞いた明菜の表情は、傷ついた、という気持ちが明らかだった。

なのに佳久はその表情にも更に苛立って、お弁当も受け取らないで「もう行く」と、さっさと出てきてしまった。

そんな出来事と後悔だ。

午前中のオペは無事に済んだ。勿論、成功に終わった。

そのあとは空き時間だ。休憩室で缶コーヒーを買ってひといきついて、佳久はやっとひと心地ついた、という状態になったといえる。

じわじわと、更に強い後悔が襲ってきた。

あんなふうに言う必要なんてなかった、と思った。

手出しをされた件について、明菜に非はまったくない。なのに蒸し返すように言ったりして、酷いことをした。明菜にとっては思い出したくもないことだろうに。

そもそも、レクリエーションだの、誰が来るだの、そんなこと関係もない。むしろ、繋げて考えるほうが強引で不自然だ。

そのくらい、自分はなんでも悪いほうへ考えてしまう精神状態だったのだ、と思い知らされて、佳久は苦いコーヒーを、ぐびっと飲み下した。

帰ったら明菜に謝らなくてはいけない、と思う。

明らかに自分が悪かった。認めないほど、子どもでも卑怯でもない。

けれど、もうひとつ心に浮かんだことが、佳久の気持ちを違う方向に波立たせた。

すなわち、自分は明菜に手を出されたのを本気で嫌悪したのだ、ということだ。

だからこそ心のどこかでまだ引きずっていて、今朝も表に出てしまったのだろう。

あの場で明菜を護ろうとしたのは、夫として当然のことだった。

せっかく契約結婚をしたのに、破綻して一からやり直しとなってはかなわない。

けれどそんな表面上の理由ではないことくらい、やはりわかっていた。

明菜があの男に腕を摑まれているところを見て、かっと頭の中が煮え立った。腹の中も同じで、怒りという感情が一気に沸騰した。

あの男から明菜を取り戻し、抱き寄せたのは、その感情のためだ。

契約結婚という感情だけなら、奪い返すように抱き寄せ、撃退したそのあとも、あれほどしっかり抱きしめる理由などない。

自分がそうしたかったから動いたのだ。

明菜が自分のものであることを確かめたかった。

婚姻という契約だけではない。明菜の心も自分のものであるのだと。

親に契約でいいから結婚をしろと言われて、無事遂行するために、あいつを半ば騙すような形で結婚に持ち込んだのは俺なのにな。

佳久の顔には皮肉のような表情が浮かんだ。

スタートはそれだったのに、もうそれだけではなくなりつつあることを、実感してしまったのが困る、と思う。

だってこの感情は明らかに『契約』の範疇ではない。

知識としても、実体験としても知らない感情なものか。

過去、交際した女性はいないこともない。一人だけ、おまけにそう時間も経たず、失望して別れたが、交際したいと思う感情があったからこそ、はじまったことだ。

その感情につく名前は、恋。育てば愛になるものだ。

一度、一瞬だけ経験したその感情が、今、明菜に生まれつつある。

だからこそ困るのだが、と佳久は思う。

だって、契約結婚の相手に恋愛感情なんて不要だろう。

愛おしいと思い、ほかの男に盗られたくないと思い、たとえ契約だろうと、妻として隣にいてくれることに幸せを覚える、なんて。

それに明菜だってきっと同じだ、と佳久は頭に思い浮かべる。

まるで自分に言い聞かせるようだったのは、知らないふりをした。

明菜だって、契約として妻でいてくれるのだ。恋愛感情があるとは限らない。

はじめこそ明菜は『結婚すれば、良いほうに進むかもしれない』と思っていたようだった。だがそれを蹴ったのは佳久本人だ。

『契約結婚だと言ったろう。その相手に、プライベートでまで、愛想良くしてやる必要などあるものか』

自分が言ったことを思い出す。結婚式のあと、本来ならば初夜の時間、明菜に初めて素で接したときだ。今、思い出せば酷い態度と言葉だった。

明菜にはっきり拒絶と伝わったはずだ。佳久としては、愛を生むつもりはないと。

だから明菜だって、もう諦めただろう。しょせんこの結婚は契約で、いい夫で、いい妻でいるためだけのものだと思い知ったに決まっている。

そのために、今回のトラブルについて、明菜のほうから話してこなかったのもあるかもな、と佳久の思考はそこまでいってしまう。

明菜が男に付きまとわれ、困っているというのを相談してこなかったのは、裏を返せば、俺を信頼出来ていなかったということなのでは……。

佳久の思考はそこまで沈み込む。

コーヒーをもうひとくち飲み、浮かんだ思考を払うように、頭を振った。

今日は駄目かもしれない、と思う。どうにもマイナス思考になりすぎだ。

こんなことは良くない。

医者である佳久は、自分のコンディションだって、よく自覚出来る。たとえ専門が違っても、精神の分野も多少は学んでいるのだ。

気分を変えるとか、少し休むとか、しないといけない。過去の経験や学習はそう告げていて、帰りにどこか寄って気分転換でもするか、という結論になった。

しかしその日の夕方、起こった事件によって、そんな呑気な思考は吹っ飛んだ。

＊＊＊

「なんだって!? 容体は落ち着いていたじゃないか」

「それが……オペが不十分だったのではないかと……」

「ひとまず再検査だ。処置はそれから決定する」

かつかつと靴音を立てて、廊下を行く佳久の足取りは荒っぽいものになっていた。

数日前にオペをした患者の容体が急変したという連絡が入った。何故か胸がざわついていた。

呼びに来た研修医を伴って、佳久は処置室へ向かう。

受け持った患者は皮膚の悪性腫瘍を患っていた。ただし腫瘍としては典型的なケースで、そう難しくもなく、オペも上手くいった。急変する理由がわからない。

だがオペを施したのは確かに自分だ。気付かぬうちになにかミスをしたのか……。

疑惑と不安にざわざわと心が騒ぐ。

こんな日に、なんてことだ。

医者としてあるまじき思考まで浮かんだが、確かにこの日は佳久にとって厄日といえた。朝から晩まで、気持ちが荒れたり沈んだりすることばかりであった。

＊＊＊

「はぁ……」

処置は早く終わったが、そのあとのカンファレンスに随分時間がかかってしまった。佳久はこの日、これまであったことも手伝って、すっかり疲弊した。

もう夕食の時間など、とうに過ぎている。明菜が家で用意してくれているはずだったが、それがどうなったかすら確認していない。合間の時間に『遅くなる』とメッセージを送っただけだ。

一応、用は伝わっただろうが、優しいものだったはずはない。

今朝、起こったいさかいの件もあるから、明菜だって不安だっただろうに。

だが佳久のほうに余裕がない。朝のときより、更に。

よって、車に乗り込んで帰ろうとする前に、ちらっとスマホを見ただけで終わってしまった。時間は既に二十一時過ぎだ。

『お疲れ様です。ご飯、とっておきますね』

優しいメッセージが来ていた。なんでもない、普通の言葉であったけれど、それが今の佳久にはなによりあたたかく響いた。

ああ、帰ったら謝るつもりだったのに。こんな心情では穏やかに「悪かったな」なんて言うことは出来ないだろう。

仕事で上手くいかなかったことと、自身の気持ちが不安定なこと。

それらが理由で、明菜への返事や言葉を優しく出来ないのは、まるで八つ当たりではないか。

なのに、今は本心で謝るどころか、取り繕うのも無理だ。

佳久はそれほど疲れ切っていた。

返事も送れないことに自己嫌悪を覚えながらマンションに着き、車を地下駐車場に停めて、エレベーターに乗って……。

家に着いて鍵を開け、中に入ったときは、大きなため息をついてしまった。

「佳久さん、おかえりなさい。お疲れ様です」

明菜がすぐに奥から出てきた。もう風呂も済ませたようで、部屋着姿。初夏なので半袖の涼しげなそれは初めて見るものだったが、褒める余裕などなかった。

「ああ」

言ったのはそれだけ。明菜はいつもそうするように、鞄を受け取って、リビングについてきた。

戸惑っている空気が感じられた。それはそうだろう。夫がろくな連絡もせず、遅くなって、おまけに多分、見るからに疲れ切って不機嫌だっただろうから。

「お風呂、入りますか？　それともご飯……」

明菜の声は優しかったけれど、どこかおどおどしていた。腫れ物に触る、という表現がしっくりくるような言い方が、佳久のささくれた気持ちを刺激してしまう。

「風呂に入る。飯は要らん」

言葉にするのはなんとか堪えた。ここで八つ当たりの言葉を吐くのは、それこそみっともない。自分のプライドにかけて御免であった。

「そんな……なにか食べないと……」

「要らないと言っている。もう寝ていろ」

明菜は今度、はっきりおろおろした。作ってくれたのも、勧めてくれたのも、食べないと、と言ってくれるのもすべて優しさだ。なのに今は応えられない。

きっぱりと言った言葉は、なにか悪いことがあったのだと、はっきり言わなくても明菜に伝わっただろう。そしてそれに触れられたくないというのも伝わったはずだ。

賢い女だから、こう言えば追及してこないだろう。

打算的だがそう思っておき、佳久は外したネクタイをぽいっとソファへ放ってバスルームへ向かった。服を脱ぎ、かごに入れ、浴室に入る。

浴槽にはたっぷり湯が張られていた。入浴剤のいい香りもする。

だが佳久はこの日、シャワーしか使わなかった。入れば心も体も、癒されるのはわかっていたのに、それに浸かろうとする余裕すらなかったのだ。

＊＊＊

翌日も朝早くに出掛けることになった。おまけに今日は、昨日の患者を診るだけではない。改めてのカンファレンスがあるのだ。

すなわち、どうしてこんな急変が起こってしまったのかについて。

なんとなく想像出来て憂鬱だったが、その通りになった。

「辻堂ドクター、きみのオペに問題があったのは明らかだ」

カルテを手にして指摘してきたのは、宇野《うの》ドクターだ。皮膚科の専門医であり、腕もそれなりなのだが、佳久とはどうも馬が合わないというか、良い関係ではない存在である。

しかし仕事に私情を持ち込むつもりはない。

今回、皮膚腫瘍の治療とオペということで、皮膚科医との連携が必須になった。

そもそも皮膚科から回ってきた一件だ。

この件に関して、宇野と仕事を同じくすることになっても、そうか、としか思わなかったが、まさかこんな事態になろうとは。

「俺の処置は適切でした。カルテのデータも、……」

佳久は自分のカルテを手にして、ちらっと視線を落とした。

そこで一瞬、言葉が止まる。

違和感があった。自分はこんなデータを入力しただろうか？

だが確かにカルテは自分のものだ。佳久は、昨日疲れていたこともあって、きっとすぐに思い出せなかったのだと思った。

「適切、ねぇ。ここの部分。明らかに不足だと思うが？」

追及されて、佳久は詰まった。カルテによると指摘通りだったのだから。

だが、どうして。

「本当だな」

「この数値は……」

周りの形成外科や麻酔科の面々も、同じ内容のカルテをそれぞれ見ながら検討するように言い合ったけれど、それは好意的なものではなかった。むしろ眉根を寄せて、顔でもしかめたいという様子。

佳久の胸がざわざわしていた。どうも良くないほうへ進んでいる気がする。

そして残念ながらその通りだった。

カンファレンスが終わったあとは解散になった。

だがその日の夕方から、院内で妙に視線を感じるようになったのだ。ちらちら見られているというか、何故か必要以上に視線を向けられているように感じる。

なんだ、例の一件が響いているとでもいうのか。確かに少々のトラブルではあったけれど、別に普段まったく起こらないという類のものではない。

佳久は不審に思ったが、その翌日。午前中の回診が終わって休憩に向かおうとしていたとき、奇妙な視線と空気の理由をはっきり知ることになる。

＊＊＊

「辻堂ドクター、疲れてるみたいですねぇ」

バックヤードの廊下を行く途中、ある人物に呼び止められた。

それは内科医の佐渡であった。温厚な彼は大抵いつも微笑を浮かべていて、今もその通りだったが、なんだか少し様子が違うように佳久は感じた。

「ちょっとトラブルがあったもので」

端的に答えたのだけど、佐渡は少しだけ目を細めた。彼をよく知る者でなければわからないくらいの変化だったけれど。

「トラブルですか。良ければちょっと休憩しませんか？」

佐渡は一方を指差した。自販機のある休憩コーナーだ。

今から昼食ですので、と言って断ろうかと思ったけれど、どうもその様子が気になった佳久は「では少しだけ」と受け入れた。

缶コーヒーを買って、簡易な椅子に座る。お腹が減っていたので、コーヒーは空の胃に染み入るようだった。

「実は、あんまり良くない話を聞いちゃって……」

声をひそめて佐渡が言ってきた。佳久は顔をしかめる。

「それは、どういう」

疑問をそのまま聞いて、佐渡の返事も同様に簡潔なものだった。

「辻堂ドクターがオペをミスした上に、隠蔽しようとした、ってものです」

息を呑んだ。なんだそれ、と内心で言ってしまう。

事実であるはずがない。オペでミスをした、と指摘されたのは事実だ。二度目のカンファレンスでそう言われた。

だが佳久自身に覚えがない。データ上ではそのようになっているのに、自分では違和感しかなかったことだ。

その妙な食い違いが、こんな尾ひれのついた噂になっているなんて。

おまけに佐渡は内科医で、就いている科がまったく違うのだ。そこまで伝わっているということ自体が異常といえた。

「……その様子だと、噂に過ぎないみたいですね」

佐渡は佳久の反応を見てだろう、そう言ってくれた。

付き合いはもう数年になる。友人といえるかはわからないが、同僚としてそこそこ仲は良いほうだ。つまり信頼もある。

「どこからの話ですか」

「いや、どこからっていうか、ナースステーションで噂になってるのを耳にしただけですよ。でもうちのところまで回ってくるのはおかしいなと」

その通りだ。佐渡がおかしいと思ったのも当然だろう。

佳久の喉が詰まったようになる。コーヒーを呷り、無理やり押し流そうとした。

「確かにオペと処置で少々トラブルはありましたね。ですが、俺は隠蔽なんてしていませんよ」

「そうですよね。辻堂ドクターに限ってそんなこと」

話はそれで終わった。が、佳久にとって、状況や心境は更に悪化したといえる。

一体どうしてそんな噂になったのか。それに事実であるはずがない。

ただ、佐渡がその噂を佳久に教えてくれたのは、助かることだったのだとあとから実感した。

数日後には、外科だけではなく、病院中にその話は広まってしまったのだから。

＊＊＊

佳久の日々は一変した。

任されていたはずのオペはほとんど、別のドクターに変更されていた。回診と簡単な処置だけが続いている。まるで研修医のような扱いだった。

このような状況になったのは簡単な話、すべて例の噂によるものだ。

もはや噂レベルでもなかった。院長まで届いて「どういうことか」と直々に聞かれてしまったのだから。

佳久は勿論、「私にはそんな覚えがありません」と主張した。

が、何故かその訴えは届かなかったのだ。

「データにそう残っているし、ほかのドクターに確認させても同じだったよ」と、院長は言い、その結果が今の待遇だった。

今の状況が続けば、そのうちこの改寿総合病院に在籍すら出来なくなるかもしれない。佳久はそこまで考えるようになってしまった。

信用を失った医者になにが出来るというのか。

おまけに自分としても、このような立場は屈辱でしかない。

佳久は焦り、一方で鬱屈していった。気持ちはすっかり沈み込み、夏に差し掛かって蒸した空気もそれを助長するようだった。

家まで引きずりたくないと思うのに、佳久の心はもう限界だった。

それはある夕方のことだった。

佳久はその日、早めに仕事を上がった。

良い意味であったはずがない。むしろ悪い理由だ。

オペの予定がなくなった。急患が入り、佳久が対応するはずだったのに、そのオペは研修医が担当することになったのだ。

「辻堂ドクターのお手を煩わせるほどでもありませんから」と言ってきた同僚がどういう心情だったかくらい、わからないはずもない。

佳久は帰宅し、シャワーだけ浴びて、どさっとソファに腰を下ろした。

はぁぁ、と大きなため息が出る。

このままでは良くないことくらいわかっているのに、八方塞がりだ。

こんな、家でため息などついている場合ではないのに、もう疲れてしまった。

そのうち、ドアが開く音と明菜の声がした。もう夕方だ、明菜は定時で上がって帰ってきたのだろう。靴を見るかして、佳久が既に帰宅していると知ったようだ。

「ただいまー。……あれ」

明菜より早く帰ってくるなんて、一体何回あっただろうか。

佳久は嫌な予感を覚えた。更に悪いほうへ行くという予感だ。

「佳久さん！ もうお帰りだったんですね。すみません、遅くなって……」

リビングに入ってきた明菜はエコバッグを提げていた。買い物をしてきたようだ。

慌てた様子で言ったけれど、その驚いた様子も佳久の心を刺激する。

「別にいつも通りの時間なんだろ」

「そうですけど……」

明菜は言葉を切った。沈黙になる。

そして次に出てきた言葉は、佳久をはっきり苛立たせてしまった。

「なにか……ありましたか？」

明菜は悪くなどない。むしろ気遣ってくれた言葉だ。

だが佳久の心には、なにより痛く突き刺さった。以前は『八つ当たりだからみっともない』と呑み込んだことが、今は抑えきれないほどになっている。

「病院で干されかけてるのさ」

答えた言葉は自嘲するようになった。

明菜が息を呑む。エコバッグをそっとリビングの端に置き、近付いてきた。

来るな、と咄嗟に思った。苛立ちをぶつけてしまいそうだったから。

「俺がオペをミスった上に、隠蔽したなんて噂が流されたら仕方ないだろ」

「そんな、……」

吐き捨てるように言ったことに、明菜は絶句した。目を丸くして、信じられない、という顔になる。

「それだけだ。もういいだろ。俺は部屋に戻る」

これ以上、話すつもりも、話したい気持ちもなかった。

それどころか、こんな情けない姿、一秒だって晒していたくない。

よって立ち上がったのだが、そこで明菜がきっぱりと言った。

「佳久さんがそんなこと、するはずありません！」

佳久は一瞬、虚を突かれた。これほどはっきり言ってくれた者は、ここまでほとんどいなかった。おまけに明菜は今、初めてこの話を聞いたところなのに。

一瞬、黙った佳久に向かって、明菜は更に言ってくる。

「だからそんな噂、嘘に決まってます。ちゃんと話せば、きっと……」

だが次の言葉は佳久を再び刺激した。

くだらないことを提案するな。

そんなことはもうとっくに何回もしたのに、なんにもならなかった。

しょせん、ただの慰めじゃないか。

そんな思考が巡り、佳久は意識する前に声を上げていた。怒鳴りつけるようなものになったがもう止められない。

「お前には関係ないだろ！　余計な口をきくな！」

ああ、情けない。

思うも胸がむかむかして仕方がなかった。もうすべて吐き出してしまいたい。

その捌け口が明菜になるのも、怒鳴り声になるのも情けないのに。

明菜は佳久に怒鳴りつけられて、怯えた様子になった。胸の前で手をぎゅっと握って、縋るような仕草になる。表情も明らかに硬くなった。

だが次に起こったことは、逃げるとか泣くとかするだろうという、佳久の予想とまったく違っていた。

明菜はきゅっと口を引き結び、強く手を握って、臆した様子はあったけれど、言い放ったのだから。

「関係あります！」

佳久は予想外の反撃を受けて、一瞬、頬を張られたような気持ちになった。

それほど明菜の言葉は鋭いものだった。

だがそれは、痛みだけの鋭さではない。

「『俺を頼れ』と私に言ってくれたのは佳久さんでしょう。だから私だって同じです！佳久さんの妻だもの！」

叫んだからか、明菜の様子から怯えが消えた。決意が目の奥に据わっている。

引くつもりはない。譲るつもりはない。その固い意志をはっきりと目が語っていた。

佳久は呆然とした。明菜の言ったことが、予想外すぎたし、強すぎた。

おまけに佳久は、女性にこれほど強くものを言われたことはなかったのだ。

それはショック療法といえたかもしれない。

頬を張られたような衝撃。痛み。

普段なら、怒りや苛立ちが増幅されていたかもしれない。

なのに今の佳久にとっては、とても優しい衝撃と痛みだった。

呆然としたまま、数十秒が経った。一分近く経ったかもしれない。

やがて、佳久はふらっと動いた。どさっとソファに再び座る。まるで落ちるような座り方で、脚を開いて肘を膝についた。その手でうなだれた頭を支える。

まるで殴られたところを押さえているような仕草だった。

明菜は違う意味で驚いただろう。そんな空気が伝わってきた。

俺はこいつに感謝しないといけない。

こんなに思考がすっきり晴れたのは幾日ぶりだろう、と佳久は思った。

「まったく、威勢のいいやつだ」

ひとことだけ言った。自分で言ったその言葉から、胸にあった怒りや苛立ちが、じわじわ散っていくのをはっきり感じる。

「え、……」

明菜が呟き、そのあとは、なにを言ったものかという顔になる。

佳久の言葉が、褒め言葉なのかなんなのか、わかりかねている様子だ。

「そんな口をきいてきた女、初めてだ」

言ったときには、笑いが零れていた。くくっと低い笑いが喉から出てくる。

「そ、それは……ごめんなさい……」

明菜はやはり『よくわからない』という声で謝ったけれど、謝らなければいけないのは俺のほうだ、と佳久は思う。

「ちょっとやることを思い出した。作業してくる」

バッと頭を上げ、そこにあった鬱屈を一気に払うように、ぐしゃっと髪を掻き上げた。勢いよく立ち上がる。

「……はい」

明菜は微笑を浮かべて言った。それはただ、肯定や了解の言葉だったのに、きっとそれだけの意味ではなかった。佳久を思いやってくれる気持ちからの言葉だ。

佳久は、明菜にとって答えになるようなことはなにも言わなかった。

なのに佳久の気持ちが晴れたのも、前向きな思考が戻ってきたのも、何故か伝わったようだった。

「ありがとな」

リビングを出ていこうと、ドアに手をかけて開けたとき、ひとことだけ言った。

今はこれだけでいい。

明菜に謝るのも、そして落ち着いて経緯を説明するのも、すべてこの手で解決させてからだ。

＊＊＊

それからの行動は早かった。

仕事が減らされていたのを利用した。院内での調べもの、手回し、それからよその病院に勤める知り合いのドクターや、ときには医療機器を扱うメーカーだったり、とにかくあらゆるところへアクセスした。

出来ることはすべてするつもりだった。

この状況を覆す。その決意が佳久の胸に宿っていた。

元々、ミスをなすりつけられ、虐げられるままになるなど、自分らしくなかったのだ。さっさと行動してしまえば良かったと思う。

しかしそれが出来ずにいた。思考は悪いほうへばかり向かって、気持ちも沈みきってしまっていた。

その追い詰められた心を晴らしたのは、あの言葉だった。

「関係あります!」と言い切ってくれた明菜の言葉だ。

しっかりと佳久を見つめ、一歩も引くつもりはないと、佳久の危機に寄り添いたいと伝えてくれたことのすべてが佳久の胸に響いた。

俺は独りじゃない。支えてくれるひとがいる。

明菜は契約としての妻なのに、きっとこれは契約以上のことになるのに、それでも言ってくれた。

それは勿論、明菜が佳久を大切に想ってくれているからだ。

その気持ちがどういう種類だろうとも、俺はもう目を逸らさない。

明菜の真摯で、優しく、思いやってくれる気持ち。

自分にとってなによりも大きくて、大切なものだと思い知ってしまったから。

それなら俺は、その気持ちに応えるだけだ。

決意が出来上がっていたから、ついに実家まで届いた悪い話について、父から連絡されても一蹴することが出来た。

「……という話だが、どういうことだ」

電話の声は硬かった。勤務は別の病院とはいえ、実の息子である医者が、職務上でミスや隠蔽をしたというのが事実であれば、父にとってのスキャンダルだ。

「それは言いがかりなんです。すぐに覆します。絶対に」

佳久は同じように硬い声にはなったが、はっきり言い返した。

父は黙った。佳久は親に対して言い返すような物言いをしたことがほとんどなかったし、そもそも契約結婚だって、提案されたときに断らなかったくらいには、親の言うことに従順な行動をとっていたといえる。

その佳久がきっぱりと言い返したのだ。おまけに、そう言い切るだけの決意があるという声で。

「私たちの顔に泥だけは塗ってくれるなよ。……しばらく待とう」

返事はそれだった。だが、佳久にとってはとても有難い猶予だ。

そしてすべて準備が整ったとき、佳久はもうすっかり振り切っていた。

鬱屈も、虐げに甘んじる後ろ向きさも、うじうじした気持ちもすべて。

＊＊＊

「話があります」

ある日の病院、外科の医局で、佳久は静かに切り出した。

医局には外科のドクター以外にも、皮膚科などの、例のオペや処置に参加したメンバーが集まっていた。佳久が声をかけて集めたのだ。

「なんだね、辻堂ドクター。もう例の件については話がついただろう」

佳久の声と態度があまりに硬く、また決意に溢れていたからか、はじめに佳久を責めてきた宇野は少々動揺したような声を出した。

だが、もう動揺で済ませるものか。

佳久は、すぅと息を吸い、まとめた数枚の紙を差し出した。データを収集し、まとめてプリントアウトした資料だ。

「宇野ドクター。この指示と取りまとめをしたのはきみだろう」

プリントは、医局の面々に行き渡り、目を通した者は一様に顔を強張らせた。

何故ならそこにあったのは、途中からデータが改ざんされていた上に、誰かによって更に手を加えられて、拡散されていたことを暴くものだったのだから。

「な……、なんだ、これ……」

露見するはずがない、という顔になった宇野。表情も声も、動揺していた。

「初期診断とオペ、それから処置のデータをすべて調べた。カルテに残ったデータじゃない。機器の解析をメーカーにも頼んだ。それによると、この初期カルテのデータとは食い違っていたということだ。それで、このカルテをまとめたのはきみだ」

佳久が静かに説明していくことで、医局の空気はどんどん凍り付いていった。宇野の表情も同じようになる。

「確かに……これによると、改ざんしか考えられることはない……」

「じゃ、辻堂ドクターは濡れ衣を……」

周りのドクターはじめ、居合わせた人々の間に小声で驚愕が広がった。この調査や導き出された結論は、佳久への誤解を解くものだっただろう。

「宇野ドクター。この資料とデータは院長に提出済みだ。あとは院長が判断してくれるだろう」

それが最終通告だった。宇野は奥歯を嚙み締め、顔を歪めて俯いた。

全部片が付いた。

そしてその数日後には告知が出た。

宇野が降格処分になったこと。

実質的に懲戒処分となるだろうということ。

ミスを佳久になすりつけ、隠蔽を図った経緯とその解決も、すべて。

＊＊＊

「佳久さん！」

佳久の帰宅をそわそわしながら待っていた明菜は、佳久が帰ってきたとき、つい名前を呼んでしまった。

心から明るい声と顔にはならなかっただろう。でも、なんとなく感じていた。

ここ一ヵ月ほどずっと佳久が抱え込み、悩んでいたことは良い方向に進みつつあるのだろうと。その推測は、帰ってきた佳久の様子からすぐにわかった。

「ただいま、明菜」

佳久は玄関から上がりながら、返事をしてくれたのだから。

その返事に明菜は目を丸くした。どきんと胸もひとつ跳ねる。

それもそのはず、佳久が「ただいま」のあとに、ろくに呼んだこともない名前を当たり前のように口にしたからだ。

「その……、……あっ!?」

なにか聞こうと思った。解決しましたか、とか、大丈夫でしたか、とか。

でもそんなことを自分から聞いていいものかわからない。

言い淀んだ一瞬で、明菜の体はあたたかなものに包まれていた。

今度は違う意味で目が丸くなる。腰に腕を回して、引き寄せてきた佳久によって、胸にしっかり抱かれたのだから。

「ありがとう。お前のおかげだ」

その言葉でじゅうぶんだった。明菜にはすべて伝わった。

佳久を苛み、悩ませていたことはすべて解決したのだ。

だが、それで自分を抱きしめてくれた理由はわからない。

私のおかげって、私はただ、佳久さんに「関係ある」って言ったくらいで、具体的になにかしてあげられたわけじゃない……。

明菜は戸惑って、抱きしめられるがままになるしかなかった。なのに佳久は、その明菜をより強く抱きしめてくる。もはや少々痛いと感じるほどに、強く。

「全部、解決したよ。ややこしいことは終わりだ。俺の立場もこれから元通りになるだろう」

佳久は明菜を強く抱きしめたまま、言った。

明菜の心は、それで少しほどけた。

大変だっただろうから、きっと嬉しくて、ほっとしたんだよね。

それで抱きしめてくれたのかもしれない。

そんなふうに思って、表情も微笑にすることが出来た。

「良かったです」

明菜からの言葉もそれで足りた。佳久にちゃんと伝わってくれただろう。

だが、明菜は本当にはわかっていなかったのだ。

佳久が「ありがとう」と言ったことも、明菜を抱きしめた意味も。

「お前があそこであんなふうに言ってくれなかったら、俺はマイナス思考に潰されていたと思う。……お前が目を覚まさせて、勇気をくれたんだ」

抱きしめられたまま耳元で囁かれた言葉に、明菜は驚愕した。自分が思い切って言い返したことがそれほど大きな意味になっていたことを、今、やっと知った。

「佳久、さん……」

なんとか言った。呆然と、になったけれど、そんな曖昧なものはすぐに消えた。

胸がじわじわと熱くなってくる。

自分は佳久を助けることが出来た。夫婦として救い、支えることが出来た。

佳久がそれを「ありがとう」の言葉にして伝えてくれたことで、明菜の心にはっきり『嬉しい』という感情が溢れる。

「ありがとう……ございます！」

その感情のままに動いていた。佳久にぎゅっとしがみつく。あたたかな胸から佳久の、抱いてくれる感情が直接伝わってきた。

「どうしてお前が礼を言うんだ。俺は礼だけじゃなくて、お前に謝らないといけなかったのに」

佳久の言葉は、どこか皮肉で笑みを含んだ、普段の物言いに戻っていた。

でもそのあと、申し訳なさそうな声で言われる。

「すまなかった。お前に酷いことを言った。八つ当たりのようなこともした。お前は俺を気遣ってくれてたのにな……本当に悪かった」

明菜に安心と幸せを感じさせる言葉と声だった。

ああ、いつもの佳久さんだ。

ぶっきらぼうで、皮肉っぽくて、おまけに結婚しているとはいえ、私たちは契約の関係。

なのに優しくて、私のことを気遣って、家族として大切にしてくれるひとだ。

「いいえ……、こんな酷いことがあったら仕方がないと思います」

明菜の返事も穏やかになった。本当にすべて解決したのだと実感する。

噛み締めたのだけど、それは少し違っていたようだ。明菜はすぐ思い知る。

「明菜、俺はお前に言わなくちゃいけないことがある」

佳久は不意に、声のトーンを落とした。少し低めのものになる。

ぎゅっと、一回だけ強く抱きしめ、次に明菜の肩に手をかけて、そっと自分の体から離した。

明菜はちょっと不思議に思う。なにも思い当たることはない。

「なんでしょう？　……！」

シンプルに聞こうと思って、顔を上げて、また目を丸くしてしまった。

佳久の大きな手が、上を向いた明菜の頬に触れたのだから。それだけでなく明菜の頬をすっぽり包むような形になる。

明菜の息が一瞬、止まった。

触れられたことに驚いたし、見上げた佳久の瞳はとても優しい、穏やかな色をしていたのだから。

明菜の頬を優しく撫でて、佳久は口を開いた。低音ながらやわらかな声が出てくる。

「俺はお前に惹かれている」

優しい声ではっきり言われた。

明菜ははじめ、なにを言われているかわからなくて、ただ、その優しい瞳を見つめ返すしか出来なかった。

「お前と結婚して、暮らして……お前はいい妻だよ。家のことは良くしてくれるし、飯も弁当も完璧に作ってくれるし。まぁ、ちょっとお人好しすぎるが」

最後のところは少しからかうような口調だったが、そんなことは関係なかった。

佳久はすぐに、優しい中に真剣さがある口調に戻った。

「だが今はそれだけじゃない。俺は気付いたんだ。お前のことを、契約結婚の相手ではなく好きになったんだと」

明菜の胸に、あたたかなものがじわりと生まれ、湧き上がってきた。

佳久さんが、私を。

好きになって、くれた……？

ひとことずつ、噛み締めなくてはいけなかった。それほど意外だった。

でもそれは驚愕ではない。

佳久の瞳も、声も、表情も。明菜の頬に触れている手も。

すべてが心からの言葉だと伝えてくれているのだから。

「明菜。結婚してからこんなことを伝えるのは順序が逆だろうが、俺を受け入れてくれるか。本当の夫……、愛情で結びつく相手として」

その目で言われて、明菜の胸に湧き上がったあたたかなものは、不意に爆発した。全身が発火したように熱くなる。

勿論、それは喜びだ。

佳久のことを、契約結婚をした夫として好いていただけではない。今ではそれ以上に一人の男性としても惹かれ、信頼していた。そして、だからこそ家族として大切にしてもらえるのを嬉しく思っていた。

その佳久からこう言ってもらえたのだから、喜びなんて言葉では足りない。

共に生活するだけの相手ではなく、妻として、女性として、好きだと言ってもらえたのだから。

「勿論です……！　……っ、嬉しい……」

明菜の顔が不意に歪んだ。じわっとなにかが喉の奥に湧き上がってきて、意識する前にぽろっと目から零れた。

嬉し涙だ、と落ちてしまってから理解した。

だが、これほど幸せなのだから仕方がない。

佳久と結婚してから、いや、知り合ってから、最高の幸せだと思った。

「なにを泣くんだ」

佳久の顔が困ったように少し歪んだ。だがきっと悪い表情ではなかった。

明菜の目には『受け入れられて安心した』としか映らなかったのだから。

「嬉しく、て……」

佳久によって、嬉し涙は拭われた。その優しい手つきが心地良くて、目を細めてしまいながら、明菜は言った。

「涙もろいんだな」

ふっと佳久は笑う。やはりいつも通りの、ちょっと皮肉っぽい笑みだったけれど、もう今では違う意味だ。

明菜をからかいたいのではない。

……愛しいと思ってくれるから、だ。

その気持ちはそのあと、直接伝えられた。

佳久の手が、包んだ頬を優しく撫でて、明菜の顔をもう少し上向かせて、すっと顔を近付けてきたことで。

明菜は当たり前のように、目を閉じてそれを受けた。

二度目のキスだった。結婚式のときに、一度しているのだから。

だがそのときとは意味も、気持ちも、まったく違っていた。

あのときのような、味気ないものではない。

あたたかくて、触れ方もとても優しくて、佳久の気持ちが、触れ合ったところからそのまま流れ込んでくるようなものだったのだから。

佳久のくちびるは慈しむように何度も触れてきて、なかなか離れなかった。

明菜の頭の中が、少しの酸素不足で霞んでしまうくらい、長いキスだった。

でも、離れてもどこか夢心地になってしまったのは、その理由からではない。

胸の中に幸福感が溢れて、心と体をいっぱいに満たしたことで、もうなにも考える必要がなかったからだ。

第七章　本当の夫婦

「食事に行こう」と佳久に誘われたのは、その数日後だった。

佳久が『すべて片付いた』と言った日……いや、『明菜に惹かれている』と告げてくれた日の夕食は普段通りだった。

解決の報告を受けると明菜は知らなかったし、お祝いのようにしていいのかという疑問もあった。

お祝い、とは少し違うだろう。だから特にごちそうなどは作らないことにしたのだけど、佳久のほうから提案してくれたのだ。

「しばらくごたごたしてたしな、それに……」

そのとき佳久は風呂から上がってくつろいでいるところだったが、明菜をぐいっと抱き寄せて、間近で囁くように続けた。

「本当の夫婦になれたんだ。その記念に」

こんな嬉しいことを言ってもらえて、明菜の胸と顔が、また熱くなってしまっても仕方ないだろう。

本当の夫婦、か。

約束した日がやってきて、待ち合わせ場所で佳久を待つ間、明菜は噛み締めた。

自分と佳久。名実共に、本当の夫婦になったのだ。

契約結婚ではあるけれど、そこに愛が生まれた。もうかりそめではない。

……契約。

そこで少しだけ、明菜は引っかかった。

契約結婚はどうなるのだろう？

気持ちが通じ合って本当の意味で夫婦になったのに、まだ『契約』と名のつく婚姻なのだろうか、という点だ。

とはいえ、契約なんて書類上のことだけで、法的な縛りなどない。

することも今までと特別変わらないだろう。しっかり家事をして、辻堂家のイベントには毎回出席する。ほかの項目だって同じだ。

だから特に気にしなくていいのかもしれないな、と明菜は思った。

籍を入れている事実は変わらない。

佳久から告げてくれた気持ちも疑いようがない。

なにも変わらない。

ただ、その『なにも変わらない』。

それを明菜が良い意味で思えていたのは、短い間のことになってしまったけれど。

「明菜」

佳久に呼ばれて、明菜はぱっとそちらを見る。軽く手を上げて、佳久がこちらへ向かってくるところだった。

「佳久さん！　お疲れ様です」

明菜の声は明るくなった。きっと表情も輝いただろう。

「今日は仕事じゃないぞ」

明菜がつい言った挨拶は少しずれていたようで、くつくつと笑われた。

待ち合わせていたのは駅近くのホテル。

初めて訪れる場所なので、早めに着くように支度をして家を出た。

先に着いたのは明菜だった。

エントランス前に立って待っていたけれど、近付いてくる佳久は、車で来たという様子ではない。車なら、ホテルの地下駐車場に停めるだろう。

「そうだったんですね。では、お車は？」

明菜が聞いたことには、やはりからかうような返事が返ってくる。

「家から一緒に来たかったか？」

「もう……、そういう意味じゃないです」

質問にからかいで返されて、明菜はちょっとの恥ずかしさを感じ、膨れるようになった。だが佳久はそれにまた小さく笑う。

「悪い、素直に反応するのがかわいくてな。今日は実家から送ってもらった。少し用事があったから。車は家だ」

明菜はまだ少し、からかいから脱せない気持ちではあったけれど、納得する。

今日、佳久は「用がある」と朝から出掛けていた。

お仕事の関係かな、と明菜は推察したので、なんの用事なのかは聞かなかった。

それで今日のお出掛けは現地待ち合わせという形になったのだけど、実家の用事だったのだ。それなら聞いておいても良かったな、と思った。

ただ、佳久の格好は、朝出ていったときとまったく違っていた。実家に行っていたなら、そこで支度を整えてきたのだろう。

特別な食事の日に相応しく、スーツを身にまとっている。

スーツは夏らしい紺色。カジュアルめであるけれど、夏の折だというのに、きっちり上着まである正式なものだ。

そこにグレーのネクタイを締めて、涼やかな着こなしをしていた。

「お前こそ、中で待っていれば良かったのに。暑いだろう」

佳久の言う通り、ホテルに入って待っていても良かった。

八月なのだ、日中はだいぶ蒸す。

だがわくわくしたり、そわそわしたり、良い意味で落ち着かない気持ちだったので、外にいた。それに佳久が来たら、すぐに見つけたかったから。

「佳久さんが来て、すぐにわかったほうがいいと思いましたから」

「そうか」

今度はからかわれなかった。ただ、優しい微笑だけが返ってくる。

「さぁ、行こうか」

すっと佳久の手が伸びて、明菜のほうに差し出される。

どきんとしながらも、もう戸惑わなかった。明菜もそっと、手を差し出した。

佳久の手のひらに乗せると同時、優しい力で握られた。大きな手に包まれる。

暑い季節のために少し汗ばんでいたけれど、まったく気にならなかった。むしろ、自分の隣にいて、触れてくれるのだということを実感して嬉しくなったくらいだ。

ホテル内に入ると、さぁっと涼しい風が身を包んだ。

佳久との待ち合わせにわくわくして、あまり気になっていなかったけれど、暑かったのは事実だ。ほう、と心地良さに小さく息が出る。

「五十階だ」

佳久は明菜の手を引いて奥のほうへ向かい、たまに頭を下げてくるホテルマンに軽く手を上げながら、端的に言った。

五十階。普段暮らしているよりずっと高い。

もう夕方だから、日が暮れれば夜景も綺麗だろうと思うと更に心は躍った。

エレベーターに乗って辿り着いた、五十階のレストラン。

結婚前に初めてデートをしたときと同じくフレンチの店だったが、窓からの景色はあの日見たものよりもいっそう綺麗に感じた。

夕暮れの橙色が美しい。夏の暑さを体で感じないだけ、空とその色の美しさはシンプルに明菜の胸に響いた。

「とても綺麗ですね」

ウェイターに椅子を引かれて、小さくお礼を言って腰掛けながら、明菜は感嘆した気持ちをそのまま言葉にした。

「ああ。夜になれば夜景も綺麗だろう」

「私もそうだろうなって思ってました」

佳久が言ってくれたことには、違う意味で嬉しくなる。

夜景を期待する気持ちなんて普通の感情かもしれない。

でも同じように思えるという、そんな些細なことがとても嬉しくて幸せだ。

「そうか」

佳久も先ほどと同じ、優しい微笑を返してくれた。その笑顔は、明菜に心地良い胸の高鳴りをもたらす。

「では、乾杯」

「はい。……乾杯」

シャンパンのグラスをカチリと合わせて挨拶をし、ひとくち飲む。

今日選んだシャンパンは、暑いので軽い飲み心地のものだと、運んできたウェイターが言っていた。

その通り、ほのかに甘く、ぱちぱち弾けるそれは、爽やかに喉を通っていった。

「うまいな。だいぶ久しぶりに飲んだ」

佳久も上品な手つきで、くっとグラスを呷って満足げに言った。明菜はその様子と声に、微笑する。

「そうですね。佳久さんはおうちであまり飲まれないですから」

事実、佳久はあまり酒を飲まなかった。下戸ではないし、ワイン、あるいはビールなど、アルコールの類は少しだけ家にもある。

だが食卓に並ぶことは稀であり、たまに佳久が晩酌をすると言ったときしか出番がないのだった。

「急患や急変が入ると困るからな」

早々に二杯目を頼みながら、佳久は真面目なことを言う。

それは結婚前、クリスマスイヴのデートで、佳久が中座することになったときの事情を指していたのだろう。

あのとき佳久は、数日後に手術予定があるからノンアルコールで、と言った。

医者として、その時期は飲まないようにしているとも教えてくれた。

そして実際、イヴに急変の連絡があって、急遽駆け付けることになってしまったのだから、きっとその判断は正しかった。

プライベートにまで気を使うほど、佳久は仕事に真摯だ。

明菜は実感し、にこやかに返す。

「仕事熱心ですものね」

本心から感心して、また尊敬も含めて言ったのに、佳久は何故か目をすがめた。

「なんだ、俺の言うような言い方をして」

言われて、ハッとした。そうだ、佳久がいつも明菜に対して言うのに似た、混ぜ返すような言い方だった。

「そんなつもりではないです」

やってきたときと同じようなことを言ってしまった明菜。

佳久もまた「そうか」と言いつつ、今度ははっきり笑った。

「だが、今回は急変しそうな患者もいないからな。それに特別な日だから」

おまけに明菜が嬉しくなるようなことを言う。

仕事が落ち着いているのも良いことだし、それ以上に、今日を特別と言ってくれたのが嬉しい。

シャンパンのお供にしていた前菜もなくなって、本格的なディナーがはじまった。

夏らしく、爽やかな料理がメインだ。

ビシソワーズ、ズッキーニやトマトのラタトゥイユ、スズキのカルパッチョ……。

辻堂家の関係で食事をするときは、大抵こういう店だったので、明菜もだいぶ慣れた。緊張せず、素直においしいと感じられる。

ディナーが進み、メインが出る頃にはすっかり日も沈んで、窓の向こうに見える外は真っ暗になっていた。

ここは高層階。地上に立っているときよりもずっと空に近いので、なんだか星まで近いように感じられた。

「……すごいですね」

それに夜景がとても美しかった。明菜は感嘆の声になる。

特に光の集まって見える場所は、駅だろう。線路らしきところには、等間隔に明かりが灯っている。

逆に街の中は雑多に光が溢れていた。ビルの明かり、ネオンサイン、あるいは家の明かりか。

普段、高層階に住んではいても、レベルが違った。あまりに迫力がある。

「ああ。普段、雑多な街中も、夜景になればこんなに綺麗だ」

佳久は上品な手つきで牛フィレ肉を切り分けながら、皮肉と感嘆が交ざったようなことを言う。その言い方がおかしくて、明菜は笑顔になった。

でも佳久の眼差しや声音ではっきりわかる。この光景を本当に美しいと感じているし、また、明菜と共に見られるのを嬉しく思っているのだと。

とてもあたたかな食事だった。

形だけの繋がりではない、本当の夫婦になれた幸せが、この特別な場所で一緒に過ごしていることで実感として迫ってくる。

「そういえば、その服は買ったのか」

佳久がふと、料理の途切れたタイミングで聞いてきた。

明菜は「はい」と答えたが、その声はどうしても弾んでしまう。

新調したセミフォーマルのワンピース。緑を基調としたカラーで、胸の下に黒の切り替えが入っていて、結婚した女性に相応しい落ち着きもあるだろう。

「夏のこういうお店に相応しいお洋服がなかったので、せっかくですから」

「そうだな。せっかくだ」

明菜の声が明るくなったのがおかしかったのか、佳久はまたそんな返しをしてきたのだが、次の言葉を発した声も、表情も、とても優しかった。

「グリーンが爽やかだ。よく似合って、かわいらしい」

どきん、と胸の中が反応した。

佳久に褒められるのは初めてではない。むしろ結婚前はよく褒められていた。

ただ、あれは契約結婚について明菜を前向きにさせるための、ある意味、演技といえるものだったのだから、本心かといったら怪しいところだ。

だが今のものは違う。本心から褒めてくれているのだ。

おまけにワンピースを褒めているだけではない。

……私をかわいいと思ってくれているんだ。

実感して、顔がだんだん熱くなってきた。きっと頬が色づいただろう。

「なんだ、顔を赤くして」

佳久はまた笑って、明菜は染まった頬のまま「からかわないでください」と呟く。

そこへ、オーダーしていたミネラルウォーターが運ばれてきた。

それで話題は別のところへいってしまったけれど、明菜の心はまだ熱かった。

かわいらしい、なんて。

夫である以上に、好きなひとと言っていいか。

その相手に言われてしまったら、顔のひとつも赤くなるだろう、と思う。

結婚してもう半年以上は経つのに、今日の食事は今までのものに比べると、なにもかも違っていた。

今までしてきたような、契約に必要な段取りや、あるいは家の行事といった理由ではない、特別な食事。

すなわち、デートだ。

意識してしまうと、顔が更に赤くなりそうだった。でもそうなれば、また佳久にからかわれてしまうと思い、明菜は意識して料理に集中する。

佳久のからかいも、今では心を許し、愛してくれているゆえの言葉だから、嬉しいものになってしまっているけれど。

シャンパンのあとは、夏らしいパイナップルジュースを選んでいた。

やり取りの端々からどきどきしてしまうのは、パイナップルの甘酸っぱさが、きゅんと胸の奥を刺激しているから。

明菜は自分にそう言い聞かせ、くすぐったい気持ちをジュースと一緒に飲み込んだ。

＊＊＊

「夜は流石に少し涼しいな」

「はい。川べりですしね」

食事を終えて、ホテルを出た。

しかしそのまま帰るわけではなかった。

佳久に「少し歩いていかないか」と誘われたのだ。

すぐに帰るのが勿体ないって、佳久さんも思ってくれたのかな。

明菜はそう思ってしまい、また嬉しさに胸がくすぐられた。

ホテルの裏手は遊歩道になっていた。二階から出れば、軽い散策を楽しめる。

昼間なら植えられている花々も綺麗だろう。でも夜は別の見所があった。

川向こうに見える、街の風景だ。高層階から見るのとは違う、夜の美しさがある。

話す内容はなんでもないことだった。今日の食事の話、どれがおいしかったとか、海モチーフの飾りつけが綺麗だったとか。

なのに二人、並んで歩いているだけでなんだかわくわくした。佳久もきっと、同じように感じていただろう。

今回、急な連絡が入らず最後まで楽しめたのは、運が良かっただけかもしれない。

でも明菜は思う。

今なら急患でデートがなくなっても、悲しい気持ちには……なるかもしれないけれど、不満には思わなかったんじゃないかな、と。

佳久の気持ちは自分の元にあってくれる。それを知ったから思えることだ。

「明菜、秋か冬に連休は取れないか?」

佳久がふと聞いてきた。明菜はどうしてそんな質問をされたのか、不思議に思う。しかし聞かれているのだ。ちょっと考えて、口に出す。

「ええ。両方、そう忙しくない時期ですから、土日を入れる形にすれば取れると思います」

「そうか」

明菜の良い返事を聞いて、佳久は嬉しそうに口の端を上げた。目元も緩む。

その優しい表情に、胸の中がとくりと心地良く反応するのを感じたけれど、それはまだ早すぎた。

「それなら旅行に行こう。そうだな、十月くらいはどうだ」

旅行!?

明菜は驚いてしまう。佳久と旅行なんて、考えたこともなかった。

驚きは顔に出たようで、佳久は違う意味でだろう、笑ってきた。

「なんだ、そんなに意外か? 新婚旅行なのに」

言われて明菜は今度、心臓がどきん、と跳ねるのを、はっきり自覚した。

旅行って、新婚旅行!?

確かに新婚さんは行くもので、私たちはまだそれがなかったけど!

どきどきしながら目を白黒させるしかなかったけれど、佳久はそんな明菜に身を寄せてきた。腰に腕が回されて、そっと抱き寄せられる。

あたたかな体温が伝わって、胸の鼓動がいっそう速くなった。

「……申し訳なかったと思ったんだ」

佳久は声のトーンを落として言った。明菜を緩く抱いて、ゆっくり歩きながら。

「お前のことを単なる妻役としてしか見ていなかったのもそうだし……、新婚旅行なんて、結婚したなら普通にすることすら、してやらなかったんだから」

明菜の胸が熱くなっていく。佳久のその言葉は、明菜を単なる契約妻としてではなく、愛の感情で想ってくれるというものだったのだから。

「それは……、契約だったんですから」

明菜は考え、考え、言った。確かにこれまで、ただの契約結婚相手として扱われたことを、寂しく思ったりもした。

でももう違う。本当の夫婦になった。

それなら佳久からの心持ちも、以前とは違うだろう。

それに気持ちが通じ合っていないときに旅行など行っても、きっと本当には楽しめなかったとも思う。

「お前は慎ましいな。もう少し、欲を出してもいいんだぞ」

ふっと佳久が笑うのが伝わってきた。触れ合っているから感じられることだ。

「もうじゅうぶん嬉しくて、幸せ、です」

明菜はちょっとためらったけれど、言った。ためらったのは、まだ慣れなくて恥ずかしいと思う気持ちだけ。幸せに思う気持ちは隠す必要なんてない。

「そうか。だが俺は欲張りだからな」

欲張り？

どうしてそんなふうに言うのか、明菜は不思議に思ったのだけど、佳久はそれ以上言わなかった。

聞いてみようかと思ったのだけど、そこでちょうど遊歩道が終わるところへ来た。

ここから階段を下りれば、下の道に出る。そこを歩いていけば、街中や駅のほうへ向かえるのだ。

「そこでタクシーを拾うか。もう帰っていいな？」

話はそこで終わってしまった。明菜にとっては消化不良なところだ。

けれど佳久はもう普段通りのことを言ってきたので、明菜も「はい」と答える。

すぐ近くで呼び止めたタクシーに乗り込み、家へ帰った。

佳久が唐突に言った『欲張り』の意味を明菜が知るのは、家に帰りついて、シャワーを浴びて、一息ついたそのあとのことだった。

＊＊＊

「佳久さん。お風呂、あがりました」

明菜があたたかなお風呂にゆっくり浸かって、髪も乾かしてあがると、佳久はリビングにいた。流石にデートのあとだ、仕事をしている気配はない。

膝の上にタブレット端末があるのは同じだけれど、どうも雑誌かなにかを見ていたらしい。画面には明るい写真が多く見えた。

「ああ。ちょうどいい、こっちに来い」

その佳久は明菜を招いてきた。

明菜は招かれて嬉しくなってしまいつつ、「はい」と素直に座った。

「旅行に行くならどういうところがいいか、とかな。見ていた」

明菜にも画面を見せてくる。観光地の候補が色々映し出されていて、明菜は見ているだけでわくわくしてきた。

「お前、好きなところとかはあるのか。旅行先で」

佳久からの質問。私の好きなところでいいのかな、なんて期待してしまいながら、明菜は考えた。

「そうですね……学生時代は京都とか鎌倉《かまくら》とか好きでした。あ、あと一回、大学のとき行った沖縄《おきなわ》はとても楽しかったです！」

聞かれて嬉しくなって話しはじめたけれど、佳久は「そうか」とか「それはいいな」とか、端的なものではあったけれど、優しい目で聞いてくれた。

だが、そのあと言われたことは驚きだった。

「しかし、国内というのは勿体ないな。せっかく新婚旅行として行くんだ、海外がいいか……」

海外!?

明菜は目を丸くした。海外旅行などしたことがない。それがいきなり提案として出されたら、驚くだろう。

「え、え、行ったことがないです」

あたふた言ってしまって、佳久からは、やはりいつもの笑いが返ってきた。

「じゃあちょうどいいじゃないか。俺も語学はそう堪能じゃないがな、英語なら街中の会話くらい出来るし」

いえ、言語の話じゃなくて、あ、それも大事だけど、それ以上に飛行機で海外へ行くってことのほうが、まず大ごとだと思ったんだけど！

明菜はおろおろして、心の中で言ってしまったけれど、すぐに気付いた。

佳久は助けてくれるつもりなのだ。会話やエスコートは任せろ、と。

その気持ちが伝わってきて、明菜の頬を熱くした。

好きなところはどこかと聞いてくれたり、旅行先で助けると言ってくれたり、嬉しいどころではない。もう、旅行自体よりそちらのほうに感激してしまう。

「そうだな、秋の予定だから、あたたかいところがいいんじゃないか？　ハワイとかどうだ。親日だし、英語で通じる」

佳久はハワイの観光情報ページを開いて見せてきて、明菜はまるで別世界のことのようにそれを覗き込んだ。

決まったわけではないが、自分が海外旅行に行く可能性を急に出されれば、まだ戸惑いと、どきどきする気持ちのほうが強い。

まだまだ先の予定だし、まずは連休を確保する必要があるので、今夜はただ、『先のこと』としてしか捉えられなかった。

けれど佳久ならきっと叶えてくれるし、素敵で楽しいことになるのだろうな、という確信がある。

ひとつのタブレット端末を覗き込んでいるうちに、自然と距離が近付いていた。明菜が気付いたときには、佳久の腕が腰に回って、優しく抱いてくれていた。違う意味でどきどきするけれど、心地いい、と思う。

優しくされるのも、触れられるのも、心地良くて幸せだ。

明菜は無意識のうちに、佳久に身を寄せていた。お風呂あがりでほかほかする体温を感じたいというように。

「……そんなにかわいらしいことをして」

佳久がふと、ここまでの話題とまったく違うことを口に出した。

明菜はきょとんとする。かわいらしいとはなんだろう。

けれどすぐに思い知る。タブレット端末をテーブルに置いてしまって、代わりに彼の手が明菜の頬に伸びてきたのだから。

ごつくて大きくて、でもあたたかな手が頬に触れる。どきどきするけれど、それ以上にやはり心地いいと思えるようになった手だ。明菜はつい目を細めていた。

「明菜」

佳久が名前を囁き、すっと顔を近付けてくる。

触れられるのはくちびるだろう。そう予測して、明菜は目を閉じようとしたのだけど、その目は閉じるのではなく真ん丸になった。

「今夜は一緒にいよう」

耳に入ってきたやわらかな低音と、あたたかな吐息が、ぞくっと明菜の体を震わせた。急に違う意味で鼓動が速くなってくる。

一緒にいよう。

その言葉の意味なんてひとつしかない。

でも信じられない。まさか、こんなことが起こるなんて思わなかった。

……佳久が自分を求めてくれる、なんてこと。

「嫌か？　お前に散々冷たくしていた俺だものな」

明菜の耳を、再び吐息がくすぐった。

ずるい、と明菜は思う。

私の気持ちはわかっているくせに、こんな試すようなことを言うなんて。

そのまま口に出しても良かったかもしれない。

今の佳久ならきっと、「拗ねるんじゃない」と優しく受け止めてくれる。

でも明菜の返事は違っていた。

「嫌なはず……ありません」

素直な言葉がするりと出てきた。明菜も想いは同じなのだから。

自分からも佳久に触れたいと思う。

今までと違う意味、愛し合う仲としての望み。

二人の心は今、やっと触れ合ったのだろう。

そして今夜、もっと深く合わさってひとつになる。

「それは嬉しい」

佳久の声は笑みを含んでいたけれど、ここまでと少し意味が違うと明菜にはわかる。

とても幸せそうな声音だったのだから。

「行こうか」

少しだけ身を引いた佳久。そのあとどうなるかと思えば、明菜の体はいきなり宙に浮いた。

「ひゃ……!?」

お姫様抱っこの形で軽々と抱き上げられて、驚きのあまり変な声が出てしまう。

「おいおい、色気のない」

くくっと笑われたけれど、その声は間近で聞こえたし、体がぴったり触れているのだ。その言葉を発する胸の動きすら伝わってきた。

佳久は明菜を抱いたまま歩き出す。

揺れるので、明菜は慌てて腕を伸ばして佳久に抱きついた。

それで触れ合いはもっと確かなものになる。

「だ、だってこんなこと、今まで……」

混乱のままに言ってしまったのだけど、佳久はかえって嬉しそうな声になった。

「そうか。じゃ、このまま俺だけでいろ」

とても優しい声でそう言われてしまえば、明菜は佳久の首元にぎゅっと抱きつくしかなかった。もう言葉は必要ない。

二人でずっと眠っていたベッドルーム、ひとつのベッド。

結婚してからもう半年ほどそうしていたのに、きっと今夜から、過ごし方はすっかり変わるだろう。

正しい夫婦としてのものに。

そしてそれ以上に、想い合い、愛し合う二人に相応しいものに。

＊＊＊

なにかが髪に触れている。

眠っていた意識の中で明菜が感じたのはそれだった。

なんだろう、とても優しい感触。気持ちいい……。

半ば夢の中でそう思い、明菜は無意識のうちにそのなにかに擦り寄っていた。

そのなにかは一瞬止まったけれど、もう一度、動き出した。はっきり撫でてくれる動きになる。

……撫でてくれる？

明菜の意識はやっと正しく認識して、ふわふわと覚醒へ向かっていった。

ぼんやり目を開けると、目に映ったのは、こんなに近くで目にしたことはないものだった。

チェックの布……いや、パジャマ……やわらかなそれが見える。少なくとも寝起きに見たことはない。

「起きたか」

上から声がかかって、明菜ははっきり覚醒した。どきっと胸が高鳴る。

ぱちっと目が開いた。そのまま視線を上に向ければ、瞳に映ったのは佳久の顔だった。明菜が初めて見るような表情をしている。

穏やかな眼差しで、頬を緩めたやわらかい印象の、とても優しげな顔。

明菜は寝起きということもあり、ちょっとぽうっとしてしまった。

こんな優しい表情を向けてもらえるなんて。

おまけにパジャマが眼前に見えたのは、しっかり胸に抱かれていたからだ。

更に、髪に触れていたなにかの正体も理解した。

佳久が、その手で優しく撫でてくれていたのだ。

「おはよう」

佳久はその優しい表情で言った。明菜の覚醒を更に促すように、頬をやわらかく撫でながら。

「おはよう……ございます……」

明菜はまだこの状況を上手く受け入れられないまま、返事をした。あまりに幸せでにわかには信じがたい。

だって、佳久と同じベッドでこんなふうに過ごしたことはない。

いつも大きなベッドの端と端だった。はじめの頃こそ寂しさを感じたものの、ここ数ヵ月ではもうすっかり慣れて、それが当たり前だったのに。

なのに今朝は二人でこんなにぴったり寄り添っている。つまり昨夜、この体勢のまま眠ったのだろう。

いや、寄り添って眠っただけではない。

昨夜のことが、じわじわと明菜の頭に蘇ってきた。

佳久と本当の意味で結ばれたのだ。

心だけでなく、体も。深く、深く結ばれて、ひとつになった。

かーっと顔が熱くなってくる。とても幸せで、嬉しくてならない。

でも初めての明けの朝だ。どうしたって恥ずかしい。

おまけにこれほど優しく見守られてしまった。

なのに自分は呑気にぐうぐう眠っていたのだ。

みっともない寝顔ではなかっただろうか？

「なんだ、赤くなって」

佳久は明菜の反応から、昨夜のことを思い出したのだと理解したらしい。くっくっと笑った。でもそれはとても幸せそうな笑いだった。

「お前はかわいらしいな。勿論、昨日の夜も……」

からかうように言われて、更に顔が燃えるように熱くなった。この調子では悪い印象ではなかったようだけど、恥ずかしさはなくならない。

「い、言わないでくださいっ！」

「そうか？　じゃ、俺の心にしまっておくか」

咄嗟に言い返した。佳久はまだ小さく笑っていたけれど、皮肉ではない言葉で返してくる。明菜は少し意外に思うやら、ほっとするやらだった。

「……そうして、ください」

安堵して、まだ少し恥ずかしいながらもそれで終わっておく。

しかしそのあと、佳久は別のことを言った。

「もう他人行儀な敬語はやめることにしないか」

明菜はきょとんとした。他人行儀とは、と思ったがすぐに気付く。

佳久に対してはずっと敬語だった。それは契約結婚だという気持ちが強かったからなのだと思う。

それを変えようと、佳久のほうから言ってくれるのだ。

少しくすぐったいけれど、とても嬉しい。

「……はい。あの、……すぐ慣れないかもですけど……あ、いえ、慣れない、けど」

明菜の返事に、佳久は満足げに目を細めた。

「出来るだけ早く慣れてくれよ」

くすぐったい気持ちを覚えている明菜の頭を優しく撫でた佳久は、それから、すっと顔を寄せてきた。明菜の頬を大きな手でそっと包んで。

「改めて……おはよう、明菜」

やわらかな低音が耳の間近で囁いて、次にはくちびるに軽く触れられていた。

朝らしく、ソフトなキスだった。

だけどそれゆえに、『寝起き』という特別なシチュエーションのキスなのだと明菜は噛み締めてしまった。

これほど幸せな朝は、今まで迎えたことがない。

でもこの幸せは今朝だけでなく、きっとこれからも続いていくのだ。

第八章　愛の証

夏はゆっくり過ぎていった。明菜はお盆に休みがあったが、佳久も同じだった。

ただし、病院に休みはない。佳久の休みは飛び石だった。

でも佳久は、その僅かな時間で明菜と色々過ごしてくれたのだ。

ある日は、家で旅行の予定をもっと詳細に立てたりして、穏やかに過ごした。

またある日は、少し遠くの商業施設まで二人で買い物に行った。

佳久の車で高速に乗って、数時間のドライブ。

高速道路を走るような長距離ドライブはまだ数回目だ。窓の外を流れていく景色も、入ったサービスエリアも新鮮で、明菜はつい、はしゃいでしまった。

その明菜を見て、佳久は「無邪気だな」なんて笑ったが、声も表情も、とても優しいものだった。

ほかには、明菜の実家へ行った。お盆なので夫婦で挨拶だ。

本郷家のお墓参りに向かったあとは、家で過ごした。

「明菜が幸せそうで良かったわ」と母の早苗は明るい様子で、父の明も「佳久くんが良くしてくれて、こいつも幸せです」と言っていた。

父の言葉はそのくらいだったけれど、明菜にはわかった。

この契約結婚をセッティングしてきたのは父だ。はじめは反発していた明菜が、今では幸せだとわかって、安心したのだろう。

心配、かけちゃったよね。

明菜は内心、反省して、また感謝した。

経緯はどうあれ、佳久に引き合わせてくれたのは父だ。それが家の都合だろうとも、明菜にとっては結果的に素晴らしい出会いになったのだから。

佳久も明菜の両親、それから同席した祖母に対してにこやかに話をしていた。

それは外向きの顔ではあったのだろうけれど、これも明菜にはわかった。

お付き合いという気持ちだけではなく、明菜の家族に悪い感情がないからこその様子なのだろう。こちらも明菜にとって、とても嬉しいことだった。

お盆の少しあとには佳久の実家へも赴いた。だがこちらは軽いパーティーまでついてくるかしこまった集まりだったので、明菜はだいぶ緊張した。

でも佳久がエスコートして、またさりげなくフォローもしてくれたために、ミスなく過ごすことが出来た。貞淑な妻として振る舞えただろう。

そのような八月が終わって、九月になった。

明菜の仕事も落ち着いていたし、佳久も忙しくはないようだった。

夫婦としての関係も良好だった。それどころかもっと結びつきは深くなっていると感じられた。

夜は佳久の夜勤がない限り、毎晩一緒に眠った。

特別な意味で触れ合うことも多かった。

佳久は契約結婚として一緒に暮らすようになったものの、まったくそういうことがなかった期間を埋めるかのように、明菜にたくさん触れて、愛してくれた。

明菜は肌が直接触れ合うことで、強く実感した。

佳久が自分をとても愛してくれていること。

それから妻として、女性として、大切にしてくれていることも。

＊＊＊

「明菜、お土産ありがとう！　すっごくいい香りで、髪がつやつやになったよ！」

平日のランチタイム。今日も真美とお弁当を食べていたのだけど、おしゃべりの中で、明菜のお土産が話題になった。

「良かったー、ホテルで使ってたの！　ココナッツの香りがすごくいいよね」

「うん！　控えめで主張しすぎないっていうのかな、使い切っちゃうのが惜しいよ」

「まだ使いはじめたばかりでしょ」

お土産のヘアトリートメントを気に入ってくれたらしく、明るく話す真美。少しふざけたその言い方に、明菜は笑って混ぜ返した。

十一月のはじめに、佳久と旅行に行った。約束していた新婚旅行だ。

色々検討して、最初から候補だったハワイになった。

秋の旅行だったが、ハワイは一年中温暖で過ごしやすい。ビーチで水遊びをすることも出来たし、広い海やダイナミックな夕焼けは、明菜をとても感動させた。

佳久は旅行の間、スマホを一切触らなかった。電源すら切っていたようだ。

「急に呼ばれたって、どうせ帰れないんだ。それに旅行の間は、お前のことだけ考えていたいからな」

そんなふうに言われて、明菜は大変くすぐったくなった。

だから写真を撮るのもすべて明菜のスマホになったし、そのおかげで明菜のスマホにはたくさんの想い出写真が残った。

その中でもアロハシャツを着てサングラスをかけた佳久と、明るいピンクのハイビスカス柄ワンピースを着た明菜が二人で写っているものはとてもよく撮れて、現像に出して家に飾ったし、実家にも送ったくらいだ。

「チョコレートもすごくおいしかった！　いっぱいもらっちゃって悪かったなぁ」

真美はほかのお土産も褒めてくれた。お菓子も一緒に渡していたのだ。

ちょっと恐縮されたけれど、明菜はにこっと笑って首を振る。

「そんなことないよ。お休み、結構もらっちゃったから大変だったでしょ」

ハワイ土産の定番といえばチョコレート。マカダミアナッツ入りで、中身はかりっと香ばしく、外のチョコレートはこっくり甘い。

そのチョコレートは会社の部署でも配っていた。みんな嬉しそうに受け取ってくれたものだ。

色々買ったお土産や、撮った写真や動画など、ハワイから持ち帰ったものはたくさんある。

でも一番大きなものは勿論、佳久と過ごした特別な時間だ。

遅くなったけれど、新婚旅行に行ったのが今で良かった、と思う。

どれも全部、最高に素敵な想い出になってくれたから。

「あれ、明菜、もういいの？」

話が弾んでいるうちに、真美はお弁当を食べ終えていたけれど、明菜のお弁当はまだ半分ほど残っていた。

けれどそれ以上、食べられる気がしなくて、お箸を置いてしまった。真美はそれを不思議に思ったらしい。

「うん。なんだろ……あんまりお腹が空かないっていうか」

明菜本人も不思議に思った。お腹が空いていないというのとは、少し違う感覚だと思ったのだけど、お弁当を食べたい気持ちになれないのは本当だ。

「えっ、具合でも悪いの？　お腹痛い？」

「あ、そんなことないよ。熱とかもないし」

心配をかけてしまったようだ。明菜は慌てて否定する。

実際、熱もなければ頭痛もない。お腹を壊しているわけでもない。

よくわからないけれど、単なるバイオリズムかもしれない。

明菜はそのくらいに思って、一応半分くらいは食べたから大丈夫だろうと思って、そのまま仕事に戻った。

帰国してからの仕事は順調で、急ぎやハプニングもなく、落ち着いていた。

そんな日々の中で、少し変わった体調の理由をはっきり知るのは翌月のことだった。

＊＊＊

とても喜ばしいことが起こった。

明菜はどこか夢心地にもなりながら、帰宅した。

今日は土曜日。午前中、病院に行ってきたところだ。

少し前から「もしかして」と思っていたことが、本当になった。

佳久さんが帰ってきたら、真っ先に伝えなきゃ。

思った明菜だったが、スマホを開こうとして、やめておいた。佳久が帰ってきてから直接話したいし、「早く帰ってくる？」とも聞かないほうがいいだろう。

代わりに、この日は夕食作りを少し張りきった。

もう十二月に入って、だいぶ冷え込むようになっている。

これからはもっと気をつけないといけなくなったんだよね。

夕ご飯の支度をしながら明菜は噛み締めて、また幸せを覚えた。

今日のご飯はチーズたっぷり、熱々のドリア。ホワイトソースから自分で作った。

じゃがいも、にんじん、マッシュルームなどを入れたソースを、バターライスに乗せてオーブンで焼く。

付け合わせはポテトサラダとほうれん草のソテー。ドリアがボリュームあるメインディッシュなので控えめでいい。

わくわくしながら夕ご飯は出来上がり、佳久も今日は早くに帰ってきた。

「ただいま。なんだ、嬉しそうだな」

佳久は家に入って、寒い折なのだ、きちんと着ていたコートを脱いだ。

明るい様子だったのをすぐにわかってもらえて嬉しいと思う。

きっとこの素敵な報告だって、喜んでもらえるだろう。

「佳久さん！　……赤ちゃんができたの！」

受け取った佳久のコートをハンガーにかけてから、明菜は明るい声で言った。

佳久と本当の夫婦になれただけではない。

その先……愛の証まで授かったのだから、最高の幸せだ。

明菜のその言葉に、佳久は目を丸くした。思ってもみなかった、という顔になる。

その顔で明菜は、あれ、と思った。

驚くのは突然の報告だから当たり前だ。

明菜自身は少し前からなんとなく察していたこととはいえ、その感覚は佳久にまったく話していなかったから、本当に唐突なことだった。

もう少し早めに言っておくべきだったかな。妊娠したのかも、とか。

明菜は思ったけれど、佳久の反応は、明菜の期待したものとは少し違っていた。

「そう、か……」

あごに手を当てて、小さく言う。

悪い反応ではないと思うけれど、手放しで喜ぶ様子ではない。

なんだろう、と明菜は内心、首をかしげたのだが、佳久の反応はすぐ変わった。

「そうか。それは喜ばしい」

表情も笑顔になる。明菜の不思議に思った気持ちはすぐに消えた。

きっとびっくりしたんだよね。妊活どころか兆候も話してなかったから。

おまけに消えるどころではなかった。佳久は明菜の腰に腕を回して、抱きしめてくれたのだから。ぎゅっと強く抱かれる。

「ありがとう。……嬉しい」

耳元で言われた声は、心からそう思っているという響きで、明菜の心に違う意味の幸せが溢れた。

「これからは色々気をつけないとな。なにかあったら俺にもすぐ教えてくれ。出来るだけ明菜に負担をかけないようにしたいから」

「うん！　ありがとう」

明菜は明るく返事をして、自分からも、ぎゅっと佳久に抱きついた。

佳久さんは、きっと私を護ってくれる……ううん。これからはお腹のこの子も、同じくらい大切にしてくれる。

確信して、明菜は心も体も幸せで満ちていく感覚を覚えた。

そのあとの夕食は和やかだった。チーズドリアは佳久も気に入ったようだ。また食べたいと言ってくれるので、明菜は「いつでも作るよ」と笑って答えた。

妊娠についてはあまり詳しく話さなかった。明菜だって半日ほど前にはっきり判明し、知ったばかりなのだから。

それでも佳久は夜、二人で眠ろうとするときに明菜をそっと抱き寄せて、胸に抱いてくれたから、明菜は大きな安心を感じて眠りについた。

＊＊＊

やがてやってきたクリスマス。去年のこの日は初めてのデートだったけれど、あまり良い終わり方にはならなかった。

でもあのときとは関係も、二人それぞれの気持ちも、まったく違う。

なので今年はもっと、素晴らしい日にしたいと思った。

とはいえ、外に出掛けるのではなく、家で過ごすことに決まった。

明菜の妊娠状態はまだ初期だ。安定しないので、外でなにか起こってしまったら困る、と佳久が言ったのだ。

おまけにつわりがはじまって、明菜はまだ軽い症状のようだったが、あまり気分の良くない日も多くなった。会社も休ませてもらう日が増えている。

よってそんな明菜を気遣ってか、佳久は「特別な食事はもう少し先にするか?」と言ってくれた。

だが結婚して初めてのクリスマスだ。

明菜はちょっと無理をした部分もあるけれど、「お祝いしようよ」と言った。

「こんな綺麗にセッティングしてくれたのか」

当日、ディナーのテーブルを見て、佳久は感心したように褒めてくれた。

近くのホテルから本格的なディナーを取り寄せた。それらを特別なお皿に盛り付けて、カトラリーも銀の高級感あるとっておきのものを出してきた。

テーブルクロスも新品。繊細なレースがとても美しい。

真ん中にはポインセチアを飾った。クリスマスカラーが華やかだ。

「作れないのが申し訳ないから、飾りつけは頑張ろうと思って」

準備をするのに際して、まったく負担ではなかったどころか、楽しくてならなかったのでそう言ったのだけど、佳久はちょっと眉を寄せた。

「申し訳ないなんて言うな。体を大事にする時期なんだから」

そう言って軽く腕に抱いてくれたので、明菜は既に心満たされてしまう。

「うん。ありがとう」

二人の特別な自宅ディナーは穏やかにはじまった。

七面鳥と冬野菜のグリルがメインディッシュ。

前菜の盛り合わせはどれも繊細な見た目と味。

蟹のクリームパスタに、スイーツはティラミス。

何度かデートをしたホテルで食べたものと同じようなメニューだったが、それを家で味わっているというのは不思議な感覚だった。

でもこういうのも楽しい、と明菜は少しずつ食べながら思った。まるで食べられないわけではないが、つわりは不意に襲ってくるのだ。食べ過ぎないほうがいい。

今日は乾杯もなしだった。

「佳久さんは飲んで」と言った明菜に、佳久はきっぱりと告げた。

「お前が控えているのに、俺ばかり飲めるものか」と。

少し遠回しな言い方だったが、それは妊娠している自分を気遣ってくれる気持ちからの言葉なのだと、明菜はもうよく知っている。

佳久の物言いは未だにぶっきらぼうで、皮肉っぽいところもある。

でも佳久が不器用ながらも明菜をしっかり愛してくれているからこその、取り繕わない言葉だ。それに佳久としても、明菜に対して、素の自分を出してもいいのだと安心しているのだろう。

そう知ってからは、かえって嬉しくなってしまうくらいだ。

そんなわけで、お酒の代わりにおいしい紅茶を淹れた。しっかり濃い目に淹れても苦くなくて、おまけにデカフェ。最近のお気に入りだ。

すっきりとした飲み心地は佳久も気に入ったらしい。リビングに移動して、デザートを食べながら紅茶も褒めてくれた。

「甘いものに合うな」

自分の好きなものを彼が気に入ってくれるのは嬉しい。そのこともあって、明菜もデザートばかりはまったく残さず綺麗に食べてしまった。

初めての妊娠なのだから、知らないことや感覚が摑めないことも多い。

だけど佳久はとても優しくて、よく気遣ってくれるし、会社のひとたちや友達、実家の両親も同じだ。

それってとても幸せなこと。明菜は頻繁に実感するのだった。

まだお腹は大きくなっていないけれど、座って落ち着ける時間はちょくちょく触れてしまう。それは佳久のほうも同じだ。

食事をすべて食べ終え、片付けてから、佳久はリビングのソファで明菜のお腹に触れてくれた。大きくてあたたかな手が、新しい命の宿ったお腹を優しく撫でる。

「男の子か、女の子か。早く知りたいもんだ」

「まだもう少しかかるよ」

明菜は笑うが、それは幸せな気持ちからだった。

どちらでも構わない。元気に産まれてきてくれれば、それで。

だって佳久との愛の証なのだ。

どんな子であっても、とても愛しく思うだろうから。

第九章　消えない不安

寒い季節ではあるが、冬は穏やかに過ぎていった。

健診でも毎回「問題ないですね」と言われていたし、安定期に入ったので初期ほど辛くはない。会社にも普通に通うことが出来ている。

ただやはり外が寒いので、なるべく冷えないようにと明菜は気をつけていた。

家は空調が一括管理されているが、会社は暖房にムラがある。資料室など寒い場所の仕事を「私が行くよ」と率先して助けてくれる真美をはじめ、同僚や上司も「辻堂さんは別の作業をしてて」と気遣ってくれるのが幸いだった。

服も裏起毛の肌着、腹巻、はては毛糸のパンツまで、しっかり着込んでいる。

体も、室内の温度も、それから周りのひとたちも、すべてあたたかかった。これほどあたたかい冬は経験したことがないくらいだ。

でも一番明菜の心や体をあたためてくれるのは佳久だ。

「具合は悪くないのか」と気遣ってくれたり、「今日は顔色が良くないぞ。寝てろ」と休みの日に家事を休ませてくれたり。

明菜は時々、この結婚の経緯を思い出す。

結婚したばかりの頃、佳久は冷たく素っ気なかった。明菜を契約妻としか見ていなかった。

でも今ではすっかり変わった。心から明菜を愛してくれる。

それに大きく変化したのは明菜だって同じだ。

佳久を信頼し、家族として以上に、愛という気持ちで想っている。

契約として結婚してから、色々なことがあった。ときにはトラブルも起こったが、二人で乗り越えてきた。

このあたたかな関係は、それらの出来事があったからこそ生まれたともいえる。

こんな素敵な夫婦になれたんだから、きっと素敵なパパとママにもなれるよね。

愛の宿ったお腹を撫でながら、明菜はこの先の幸せを頭に描くのだった。

予定日は初夏だった。まだまだ先である。

佳久はお腹の子のことを、事あるごとに「早く会いたいな」と言ってくれる。

明菜も同じ気持ちだった。会えるのが今から楽しみでならない。

ただ、明菜には最近、少し気になっていることがあった。

それは佳久が「今日は寄るところがある」と言って少し遅くなるのが、割合頻繁に起こるということだった。

はじめは「なにかお買い物かな」と思った。

でも二度、三度と続くうちに、違うのではないかと思うようになった。そもそも、必要なものがあるのなら、休みの日に買いに行ったり、ネット通販をすればいい。

それでは、なにがあるのだろう。

別の観点から考えた。でも仕事後に行くところの定番、なにか体の不調で通院などではないだろう。なにしろ大病院に勤務している医者なのだから。

だからまったくわからない。

佳久が説明もなく、どこか知らないところに行っていることに、少し不安になってしまう。

でも良いほうへ考えるようにしていた。

なにか、私にサプライズをしてくれるとかかもしれない。あんまり干渉するのも良くないし、話してくれないってことは、お仕事関係の可能性もあるよね。

そのように自分に言い聞かせた。妙なことなんてないと信じているから。

……浮気とか、そんなことはあり得ない。

明菜はたまに浮かんでしまうその嫌な想像を、毎回否定した。

少しの不安はあるけれど、明菜を少々過保護なほどに気遣ってくれる佳久の様子を考えれば、ただの杞憂に決まっていると思えるのだった。

＊＊＊

一月もそろそろ終わりに近付いていた。

明菜のお腹も、服の上から膨らみがわかるくらいになってきて、「余計に気をつけないと」という気持ちと、「確かにここにいてくれるんだね」という幸せを同時に感じるのだった。

年始は家で過ごした。年末に年始の予定を立てるときには、結婚して初めてのお正月なのだから、それぞれの実家へ挨拶に行くのだろうと明菜は思っていた。

しかし佳久が「うちには来なくていい」と少し強い口調で言った。

まるで拒絶しているように明菜は感じて、不思議に思った。

ただ、理由は「大事な時期に必要以上の外出をしないほうがいいし、気を使って疲れたら困る」だったので、きっと明菜を気遣ってくれる意味だったのだ。

けれど、それならシャットアウトするように言わなくてもいいだろうと思う。

不満ではないが、あまりいい受け取り方は出来なくて、明菜はそのままお言葉に甘えることにしたものの、どうもしこりのように残ってしまった。

一方、明菜の実家からは両親がマンションを訪ねてきた。一日共に過ごして、慎ましくはあったが親族でのお正月を味わうことが出来た。

けれどやはり、小さな違和感は消えることがなかった。

少し前から、佳久が明菜の知らない場所へ行っていること。

お正月、実家には来なくていいと言われたこと。

両方理由がわからないし、説明された以上のことを追求するわけにもいかない。

独りで過ごしているとき、たまに頭に浮かんで、もやっとしてしまっていた。

＊＊＊

冬ももうすぐ終わる。まだ寒い日は多いけれど、時々あたたかく感じられる日はあって、明菜はそういう日がお休みに当たれば、窓辺のソファでゆったり座って、音楽を聴くのが習慣になっていた。

音楽は胎教にいいと聞いてから、以前より更によく聴くようになっていたけれど、聴く内容も少し変わっていた。

ポップスではなく、クラシックになった。子どもの頃に習っていたので、ピアノ楽曲をかけることが多い。よく弾いたショパンやリストをリピート再生した。優しい旋律は心が穏やかになる。

今日もその例によって、控えめに家事を済ませたあとはゆっくり過ごしていたが、そのときスマホが鳴った。メッセージの通知音だ。

なにかな、と思ってスマホを手に取り、アプリを開く。

メッセージは佳久からだったが、明菜は内容にちょっと眉を寄せてしまう。

『今夜、飯は要らない』

そんなメッセージだったからだ。

今日は休日出勤と言って出ていったのに、この要領を得ないメッセージが来るということは、また明菜の知らない場所に行くのだろう。

推察して、小さくため息が出た。

こんなの勝手じゃない、と思う。きっと降り積もった不安がそう思わせたのだ。

『お仕事でご飯?』

普段ならすんなり『わかった』と答えていただろうに、詮索するようなことを送ってしまった。佳久からはすぐに返事が来た。

『そういうわけじゃないが、大事な用だから』

大事な用なんて、明菜に思い当たることはまったくなかった。

それだけに、聞く前より不安は更に大きくなってしまった気がする。

でもこれ以上追及するのも、まるで浮気を疑っているようだ。そんなことは言いたくない。

よって、明菜は気持ちを押し殺した。今度こそ『わかった』と返す。

それでやり取りは終わった。けれど明菜の穏やかな気持ちは陰ってしまった。

本当になんなんだろう、と思う。

でもあまり気にしないほうがいい。

明菜は立ち上がり、プレイヤーのスイッチを切った。

そろそろ買い物に行こう、と思う。今日は一人で食べるのだから簡単でいいけれど、ネットスーパーでうっかり買い忘れたものもあって、翌朝の食材が心許ない。

それに気分転換にもなるだろう。

明菜は思って、財布やスマホを持って家を出た。

だけどその先で、もっと面白くないものを目にしてしまうことになる。

＊＊＊

「あれ、……佳久さん？」

駅前のスーパーで無事買い物を済ませた。膨らんだエコバッグを持って、ゆっくり歩いていた明菜は、道の反対側に知っている姿を見て首をかしげる。

どうして佳久が街中にいるのか。

『用事がある場所』って、このへんだったのかな。

はじめはそう思った。なのに直後、明菜はぎくっとする。

佳久は女性と歩いていたのだから。

後ろ姿なのではっきりわからないけれど、明菜とそう変わらない年頃に見えた。レースがついたベージュのコートに膝丈のスカートを合わせていて、茶色のボブヘア。背は明菜と同じくらいだろう。

しかしそれより重要だったのは、佳久と連れ立って歩いていて、親しそうな様子だったことだ。知らないひとに道を教えている、というようには到底見えない。

明菜の心は急にざわついてくる。

誰、あのひと。
私が知ってるひと?
わからない、あんな方、覚えがない……。
明菜が放心しているうちに、佳久が一軒の店を指差して、二人はそこに向かった。
見てしまって、明菜の心臓は一気に冷える。
その店はただのカフェだったけれど、安心なんて出来なかった。
だって佳久は、明菜の知らない女性とこれから二人で過ごすのだ。
休日出勤で、お夕飯も要らないって言ったのに、全部嘘だったの?
明菜の思考はどんどん悪いほうへ向かっていく。
二人はカフェの中に消えていった。明菜は一歩、後ずさる。
これ以上ここにいても仕方がない。まさかあの中に乗り込むわけにもいかない。
もう帰ろう。明菜は思い、速足で家へ向かって歩き出した。
胸の中がずきずき、むかむかして気持ちが悪い。
家に着いて、中に入ってもその気持ちはなくならなかった。
不意に涙が込み上げそうになる。不安も一気に湧いてきた。
佳久さんは浮気なんてするわけない。

優しく気遣ってくれる。お腹の子も楽しみと言ってくれる……。

でもそれはただ、ほかの女性と会うための口実だったら？

醜すぎる思考すら頭に浮かんで、明菜は心底、自己嫌悪した。

そんなこと、頭の中だけだとしても思っていいことではない。

駄目だ、気分を変えよう。お夕飯は好きなものを作って、そう、あったかい料理にして、体をあたためれば少しは落ち着くから。

自分になんとか言い聞かせて、明菜はキッチンへ向かう。でも大好きな熱々チーズ掛けオムライスを食べても、気持ちはすっかり晴れてくれなかった。

＊＊＊

「ただいま」

佳久の帰宅は二十一時過ぎだった。胸が騒ぐのを感じながら、明菜は迎えに出る。

「お、おかえりなさい……」

薄手のコートを佳久から受け取りながら、悩んだ。

どうしよう、見てしまったことを言うべきだろうか。

妙な関係の女性であるはずがない。だから佳久は「なんだ、あのひとはただの知り合いだ」なんて笑い飛ばしてくれるだろう。

それならもやもや溜め込むより、そちらのほうがいいかもしれない。

そう思ったのに、明菜の喉からその質問はすぐに出てこなかった。

もしも、万が一、と臆する気持ちが邪魔をする。

「飯は食ってきたから。風呂に入る」

普段やり取りしているような言葉すら、明菜の気持ちを揺らした。

ご飯、一体誰と食べたんだろう。やっぱりあの女性と？

「どなたと食べてきたの？」

揺れた気持ちは、明菜の口からぽろっと言葉を零させた。

こんなことは詮索や嫉妬なのに、笑われて安心したいという気持ちが上回る。

「野暮用だ。誰でもいいだろう」

なのに佳久は笑わなかった。それどころか、面白くない、という顔になる。

向こうも詮索のように感じたのだろう。だけど明菜の心はもう限界だった。

「どなたかくらい、教えてくれてもいいじゃない」

続けて言ってしまって、佳久は今度、はっきり眉を寄せた。

「なんでそこまで報告しなきゃならない」

言われた言葉は、明菜に『拒絶』と聞こえてしまった。

更に『秘密』とも聞こえた。心がきしんで悲鳴を上げる。

「なんなんだ。俺はもう風呂に……」

話を終わらされそうになって、明菜は震える声で言っていた。

「……夕方、カフェに行った方なの？」

「は？　お前、なんであんなとこにいたんだ」

佳久は奥へ行きかけた足を止めた。振り返って、不審そうに言う。

なんとか気を落ち着けようとしながら、明菜は説明した。

「お買い物に行ったら……あなたが知らない女性と歩いてたから……」

それにはもっと眉が寄せられた。佳久は、不可解だ、という顔をする。

「知らない女？　あのひとは……」

その言葉は『親しくて当たり前の存在だ』と明菜には聞こえた。自分が疑っていたことは事実だったのだと決定打を聞かされるように感じて、一気に恐ろしくなる。

「もういい、聞きたくない！」

明菜に出来たのは、それ以上をシャットアウトすることだけだった。

だがそれは叶わなかった。佳久は数秒黙ったあと、言ってくる。

「あのな、お前とは契約結婚なんだぞ。ちゃんとしないとだろう」

明菜は心臓が一瞬、止まってしまったかと錯覚した。それほどショックだった。

契約結婚……、ちゃんとする……。

それって、まさか……。

明菜の頭には最悪の事態しか浮かばなかった。

ぐぅっと喉の奥から熱いものが込み上げる。もうここにはいたくない。

「……そう、だよね……、もう、寝る！」

なんとか言った。佳久の横をぱっとすり抜けて、ベッドルームのドアを開ける。

「おい、明菜！」

うしろから佳久が自分を呼ぶ戸惑った声が聞こえたけれど、答えることなく、まるで封じるようにドアを閉めた。

横向きの姿勢でベッドに寝て、枕に顔をうずめた。

さっき込み上げてきた熱いものは、すぐにぽろぽろ零れてきた。

今まで抱いてきた不安を肯定されたも同然だった。

涙を零しながら、もう駄目かもしれない、と思う。

佳久は自分とのことを、今も契約結婚だと思っていたのだ。

たとえ愛が生まれても、きっとそれは変わっていなかった。

ううん、愛が生まれたと思ったのは、私だけだったのかもしれない。

思考はどんどんネガティブに沈んでいく。

不安と恐れと、それから一日の疲れ。

明菜はしばらくの間、嗚咽が止まらないほど泣いていたけれど、いつの間にか寝入ってしまった。涙でじっとり濡らした枕を抱いて。

数十分後、風呂を済ませた佳久がそっと入ってきて、ベッドの端に音を立てないよう腰掛けても、明菜は目覚めなかった。

佳久は手を伸ばして、明菜のやわらかな髪をそっと撫でた。

ただ、なにも言わなかった。

明菜を起こすこともなく、言葉をかけることもなく、二人の夜は、ねじれたままにゆっくり過ぎていった。

第十章　突発事故

あれから一週間と少しが経った。でもなにも解決していない。

解決どころか話題にものぼらなかった。

明菜は佳久に詳しく話してほしいと思っていた。

だけど佳久は説明もなにもしてくれなかった。ただ、「体調は大丈夫か」と聞いてくれただけだった。

明菜にとっては体調より、心の調子のほうがずっと悪かったのだけど、「うん、大丈夫」と答えるしかない。それでおしまいになってしまった。

でも明菜の心はまったく納得できていないし、酷く傷ついていた。

普段なら佳久は、明菜を抱きしめてちゃんと話してくれるだろう。

そして「契約だけど、お前のことはちゃんと愛してる」というような、明菜が安心できる言葉をくれるのに、今回はそれもない。だから余計不安になる。

説明も優しい言葉もないということが、今の明菜にとっては辛くてならなかった。

佳久は「契約結婚だから、ちゃんとしないといけない」と言った。

明菜のことを愛してくれて、子どもをもうけても、契約なのは変わらなかった。

愛があれば契約と冠されたままでいいと思ったことなど、今は消えていた。

それに思い返せば、佳久は最初から「子どもは要らない」と言っていた。

だから初めて報告したあのとき、妊娠を喜んでくれたけれど、それは私が嬉しそうだったからかもしれない、なんて、思考は悪いほうへ沈むばかり。

このままではいけない、と明菜は思った。これほどストレスや不安が大きい状況にいては、自分が辛い以上にお腹の子にも良くない。

そこで思いついたのは、一時的に実家へ帰ることだった。

両親は「ちょっと体の具合が思わしくないから、念のため」と説明すれば受け入れてくれるだろうし、会社は実家からでも通える。

この家とも、佳久とも、少し離れたほうがいいのだろう。

でもそれならその旨を、佳久に話して、了承を得るべきだった。

なのに今は、それすら辛い。よって手紙を書くことにした。

『佳久さん、ごめんなさい。私、少し疲れてしまいました』

そんな書き出しではじまった。

『佳久さんは全然悪くありません。契約結婚なのが変わらないのは本当ですから、わきまえなかった私がいけないんです』

レモンイエローの便箋は、お気に入りのもの。広げたそれにペンを走らせながら、ふと涙が込み上げてきた。でも飲み込んで続きを書く。

『しばらく休憩すれば、元気も出ると思います。契約を破ってしまうのは申し訳ないのですが、少しの間でいいんです。お腹の子のためにも実家で療養させてください』

これでおしまい。

書き終えて、明菜はペンを置いた。

間違いがないか見直している間、さっき飲み込んだ涙がぽろっと出てきた。

ぽたっと一粒、便箋に落ちる。いけない、と思ったけれど、幸い文字のところには落ちなかった。字は滲んでいない。

でも便箋の端は少しふやけてしまった。ティッシュで拭ったけれど、諦める。手紙に支障はないから構わないだろう。

その手紙を同じ色の封筒に入れて、リビングのテーブルに置いた。

そうしてから、かたわらに置いていたボストンバッグを取り上げる。

鍵は置いていこうか、と思った。オートロックだから鍵をかけていく必要もない。

思って、明菜は取り出した鍵を、そっと手紙の横に置いた。

これはまるで離別のよう。

思って、自分で決めたことなのに、また涙が滲んできた。

ボストンバッグを持って家を出た。この家にまた戻ってこられるかわからない不安が、もっと大きく押し寄せてくる。

でもそれでも仕方ない、と思った。この状況のままではいられない。

エレベーターに乗って、下へ降りながら涙はもっと出てきてしまった。

本当は帰りたくない。

佳久さんと一緒にいたい。

でもこのままでは心が辛い。

これからどうしたらいいんだろう。こんな、契約を破って勝手に「休ませて」って実家に帰るなんて怒られてもおかしくないよね。

ううん、佳久さんは契約結婚だと何度も言っていたんだから、それを破られたら許してくれないかもしれない。

でもそれならそれでいいや。そのほうがすっきり出来るかもしれないし。

佳久さんへの気持ちは……なくならないけど。

そんなことをぐるぐる思いながら、明菜は目元をぐいっと拭った。スマホを取り出して、母へのメッセージを入力する。

『ごめん、ちょっと実家に帰ってもいい？』

＊＊＊

徒歩で向かい、着いた駅前は行き交うひとが多かった。

もう春だ。春休みに入った学生もいるだろう。部活だったり、遊びに行くのだったり、卒業旅行へという者もいるかもしれない。

楽しそうで微笑ましい、なんて明菜は思った。

ボストンバッグを肩にかけ直した。当座の服や身の回りのものを詰めてきたので、それなりの大きさになっている。ふらついて転ばないようにしないと、と思った。

もうお腹もだいぶ目立つくらい大きい。バランスを取るのも慣れたけれど、それでもゆっくり歩かないと少し辛い。

駅に入り、改札階に向かうエスカレーターに乗った。エスカレーターは二基が並んで設置されていて、上へ向かうものと下へ向かうものがある。

明菜が上へ向かうものに乗って、すぐのことだった。

「おい、早くしろよ！　バス、出ちまうって！」

「待てよ！」

元気のいい男の子の声がした。私服だが、高校生か大学生だろう。駅前のバス乗り場には確かにバスが停まっていた。どこかへ遊びに行くために乗るのだろう。でも時間ギリギリになってしまったので急いでいるという様子だった。

明菜はなんの気なしにそちらを見たけれど、直後、ぎくっとした。

だだっと勢いよく、下りのエスカレーターを駆け下りてくる男の子たちは、大きなバッグを持っていた。

それが、明菜の乗っている上りのエスカレーターのほうに張り出している……。

「きゃあっ！」

ドンッ！

避けようとしたが、間に合わなかった。

男の子の持っていた荷物が肩に当たって、今度邪魔をしたのは自分の抱えていたボストンバッグだった。重さで体がぐらっと大きく傾ぎ、バランスが崩れる。

……落ちる！

手すりを強く摑もうとしたのに、衝撃が大きすぎたのか、手すりを握っていた手は簡単にするっと離れてしまった。明菜の体は宙に放り出される。

なにが起きたのかわからなかった。

ドン、ドンッ、と大きな衝撃が何度か体を襲うのだけを自覚する。

気付いたときには地面に倒れていた。ざりざりした感触の地面に頭がついて、不快感が強い。突然の状況に追い付けず、ぼんやりしてしまう。

だがそんな場合ではなかった。不意に、ずきんっと大きく痛みが跳ねる。

全身以外にも、お腹が痛む。落ちたときに、きっとお腹を打ったのだ。

さぁっと顔が青ざめる。お腹に手をやった。

なにも変わらないようには感じられた。あたたかくてちゃんと膨らんでいる。

でも、ずき、ずきんっと痛むのだ。

まさかこれは……。

「おい、事故だぞ！」

「駅員さんを……！」

「ねぇ、このひと！　妊婦さんじゃ……」

周りでは騒ぎになりつつあった。

でも明菜はただ、お腹を押さえて震えるしかない。ぶつかった男の子たちも、焦って近くに来ただろうけれど、それどころではなかった。

赤ちゃん、私の赤ちゃん、無事だろうか、まさか……。

「大丈夫ですか！」

バタバタとひとが近付いてくる音が聞こえた。なんとかそちらを見ると、駅員服を着た男性が何人か駆け寄ってくるところだ。

「あ、赤ちゃんが……、いる、んです……っうぁ！」

声を出しただけで、ずきっと痛んだ。明菜の言葉と苦しそうな様子に、駅員たちは顔を見合わせた。

「今、救急車を呼びましたから！　少しだけ頑張って！」

「奥さん！　これを……」

明菜を励ましてくれる優しい声。駅員の一人が明菜の体にブランケットをかけてくれた。あたためる以外に、目隠しの意味もあっただろう。

それでも明菜は恐ろしさに震えるばかりだった。吐き気すら込み上げてくる。おまけにそれが、痛みからくるものなのか、恐怖からくるものなのかもわからない。

痛みと吐き気を堪えるうちに、サイレンが聞こえてきた。救急車だ。

「来ましたよ！　今、担架でそちらに……」

駅員がほっとしたように言ったとき、別の声がした。

「ちょっと通してくれ！　通して……、明菜!!」

焦ったその声は、明菜の名前を呼んでいた。

誰の声なのかわかる、でもどうしてここで聞こえるのかはわからない。

自分は不安と恐怖から、無意識のうちに、一番頼りたいひとを思い浮かべていたのではないか。

ぼうっと思って、そちらを見た。

だがそれは幻聴や妄想などではなかったのだ。

佳久が明菜の横に膝をつくところだった。朝、出掛けたときと同じスーツ姿で、張りつめた顔をしている。

「明菜！　俺がわかるか!?」

「よし、ひさ……さん!?」

もう一度呼ばれて、やっと実感した。何故かわからないが、佳久がここにいてくれるのだ。どくん、と違う意味で心臓が高鳴る。

「おい！　担架を早く！」

佳久は周りを見回して、救急隊員が慌てた様子で明菜を乗せようと動く。

その隊員に、佳久は懐から出した医師資格証を、さっと開いて見せた。

「俺はこいつの夫で、医者だ。処置は任せてくれないか。責任はすべて取る」

そのまま明菜は担架で救急車に乗せられた。佳久が、改寿総合病院へ向かうように告げる。

救急車なんて乗るのは初めてだったけれど、それより重要なのは、どうして佳久がこんなところにいるのかということだ。明菜は痛みも飛ぶような気持ちで混乱した。

「明菜、話はあとだ。様子を診るからな」

佳久は明菜の体にかけられていたブランケットをそっと除けた。そのことで意識が引き戻されて、再びお腹の痛みと不安が押し寄せてくる。

佳久の手は優しかった。いつも患者にそうしているのかもしれない。

でもきっと今は、診療だからという理由だけではなかっただろう。

「出血があるな。深く息をして……そう、力を抜くんだ」

佳久は張りつめた顔をしていた。佳久の専門は外科だが、産科の初期処置がわからなくて戸惑っているという様子ではない。

佳久も焦っているのだ。汗までかいているのは、明菜と、それからお腹の子が無事かという不安からに決まっていた。

「佳久……さん……」

明菜はなんとか佳久を呼んだ。明菜の呼ぶのに、佳久は視線を向けて、ちょっと無理をしたという様子ではあったが微笑んでくれた。

「大丈夫だ。ひとまずこれで……ああ、もう着くぞ。大丈夫だ」

佳久は二度も「大丈夫だ」と言った。動揺なのか、明菜をそれほど安心させたかったのか。でも明菜はその「大丈夫」にとても安心出来たのだ。

佳久さんがここにいてくれる。一番に赤ちゃんを守ろうとしてくれた。

だからきっと大丈夫……。

「急患です！　妊婦一名！　腹部打撲……」

病院に運び込まれて、ストレッチャーに乗せられ、産科に運ばれる。

その間、佳久はずっとそばにいてくれた。処置室で産科のドクターに「お願いします」と丁寧に言って、明菜を引き渡してくれるまで。

すぐに本格的な診察と処置がはじまっても、明菜は何故か、大丈夫と確信出来たままだった。

第十一章　あたたかな日差し

「本当に、大事に至らず良かったわ」

翌日、明菜の入院している病室に母の早苗がやってきた。昨日もすぐに駆け付けてくれた母は、ベッドサイドの椅子に腰掛けて、涙を拭う。

明菜が「実家に帰る」と連絡したまま、まったくやってこないので不審を覚えて、佳久に連絡して、そこから事故を知ったのだという。

「うん、大丈夫。入院も経過観察で明後日には帰れる予定だし」

明菜は上半身だけ起こしてもらったベッドに横になりながら、微笑んだ。

赤ちゃんは無事だった。もう少し様子見が必要なものの、おそらく大丈夫でしょうと産科のドクターも言った。

明菜は心底安心して、昨夜は病院であるにもかかわらず、ぐっすり眠れてしまったくらいだ。

あれから佳久は、処置が終わり、一般病棟に移された明菜を訪ねてきた。

入院手続きも、すべてしてくれたらしい。個室まで取ってくれていた。

でも昨日は入院中についての話がほとんどだった。

入院期間や必要なもの、実家や職場への連絡……。

明菜が家を飛び出した経緯について、話せる余裕はなかった。

だけど明菜の不安はもう、ほとんどなくなっていた。

あれほど必死に自分を探して、真っ先にお腹の子も助けようとしてくれて、佳久の気持ちを疑う理由なんてない。

母と話している間に、こんこん、とドアが鳴る。明菜が「はい」と答えると、ドアが開いて、入ってきたのはまさにその佳久だった。

「お義母さん。来てくださったんですね」

佳久はまず、母に声をかけた。事故のときに、佳久が駆け付け、初期処置を施してくれたことは勿論母には話してある。母は立ち上がり、深々と頭を下げた。

「ええ。佳久さん、明菜を助けてくださり、本当にありがとうございます」

「いえ、夫として当然ですし、明菜だけの体ではありませんから」

佳久の言葉は端的で抽象的だったが、明菜の心に、じんと響いた。

「明菜、お義母さんがいらしてるなら、あとでまた来ようか」

次に明菜のほうを見てくれた。けれどその気遣いは母が辞退する。

「いえ、佳久さんが来てくださったなら、私はそろそろ。明菜ともお話し出来て良かったですし」

かたわらのバッグを摑んだ母に、明菜は気遣わせて少し悪かったな、と思いつつも「ありがとう」と言う。そのまま母は「また来るわね」と出ていった。

佳久も小さく会釈をして見送って、改めて明菜に向き合った。近寄ってきて、ベッドサイドの椅子に座る。持っていた仕事鞄をかたわらに置いた。

明菜は見つめられて、ちょっと居心地悪くなってしまう。

自分はきっと、不安に囚われて、悪いほうへ考えすぎていたのだ。

そのためにこんな事故にまで遭って、迷惑もかけてしまった。

「佳久さん……ごめんなさい」

小さな声で謝った。が、佳久はそれに眉を寄せる。

「どうしてお前が謝る」

まったく思い当たらない、という顔で言われて、明菜は、あれ、と思った。叱られても仕方がないと思ったのに。

「お前をそこまで追い詰めたのは俺だろう。こんなことになるまで、なにも気付かなかったなんて酷いことをした。……俺こそ、悪かった」

謝られた上に、膝に手をついて、頭を下げられる。

その言葉と仕草から、佳久が本心から謝りたいと思って言ってくれていると感じられて、明菜の目と胸を熱くした。ぐっと熱いものが込み上げて零れそうになる。

「そんなこと……、私が、ちゃんと言っていれば……」

「いや、もうやめよう。どちらが悪かったという話は」

明菜が言いかけたことは遮られた。確かにここでどちらが悪かったと言い合っても不毛である。仲直りをしたいという気持ちは同じなのだから。

「明菜、お前、契約結婚なのをわきまえなかったのがいけないとか書いてたな」

それは明菜が家を出ていく前、書き残した手紙のことだ。

忘れ物をしたと偶然帰ってきた佳久は手紙をすぐに見てしまい、驚愕して明菜を探しに飛び出したわけだが、それはともかく、手紙について。

「うん……。佳久さんは『契約結婚だからちゃんとしないと』って言ったじゃない。なのに、私ときたらそれをわかってなくて……」

下半身にかけた布団の上、置いていた手をぎゅっと握る。あのときのやり取りを思い出すと、やはり心は痛んだ。違う意味の涙が出そうになるが、我慢する。

「……そんなふうに思っていたのか」

しかし佳久は目を丸くした。思いもよらなかった、という顔になる。

続いて、頭に手をやった。綺麗に整えていた髪がぐしゃりと潰れる。

「すまなかった。俺はどうも言葉が足りない」

うめくように言って、佳久は不意に、かたわらの仕事鞄に手を伸ばした。膝の上に置いて、開ける。

急になんだろう、と明菜は不思議に思った。

佳久は鞄の中から硬質ファイルを取り出した。そのファイルも開いて、出てきたのは書類だった。明菜にそれを差し出してくる。

「契約結婚を終わりにしようと思ったんだ」

明菜は目を見開いた。

それは『契約解除証』と書いてある書類だった。

辻堂家の印鑑が押してある。横にはもうひとつ、欄が空いていた。

「お前との子どもができて、はっきり思った。もうお前をただの契約妻にしておきたくない。それで契約解除を実家へ申し入れに行っていたんだ」

つまりこれは、結婚の際に契約した証書を無効にするためのものというわけだ。

書類と、内容と、佳久の説明。

明菜は黙ってそれを見て、聞いているしかなかった。

「頭の固い親父なものだから、説得にだいぶかかってな。愛情が生まれたのは良いことだが契約関係はそのままのほうがいいだろうとか、お前のことだから、そのほうが家のことが円滑に進むとか渋って……。何度も通って、なんとか、うんと言わせたときに、飯を食っていけと言われたんだ」

佳久がなんの説明もなくどこかへ行っていた理由も、行き先も、すべてわかった。

明菜のまだ僅かに残っていた不安は、それでさらさらと消えていった。

勝手に不安になることなんてなかった。

だって佳久が手間と時間をかけて、こうしてくれた理由が今ならわかる。

「それを『ちゃんとする』なんて言ってしまったのが、俺の悪いところだった。正月も、挨拶に連れていったら、お前を傷つけることを親父から言われるかもしれないと心配でな」

お正月に実家訪問がなかった理由も説明された。あのとき佳久が強めの語調になってしまったのは、きっと明菜を護りたいという気持ちだったのだろう。

「そのあとも、契約解除書類一式ができるのに時間がかかった。でもこうして、なにも話さず待たせる形になったのが、お前を不安にさせたんだよな」

「……っ、佳久さん……！」

すべてを知って、もう限界だった。明菜の手の上に、ぽたっと涙が落ちる。一粒だけではなく、ぽたぽたと次々零れてきて止まらない。

自分はこれほど大切に想われていた。愛されていた。

契約という形骸もなくしてしまいたいほどに、愛されていたのだ。

それを疑うなんて、馬鹿なことだった。

自分こそ謝らないと、と思うのに、出てくるのは涙だけだった。

泣くばかりの明菜を、佳久が抱きしめた。椅子を立ち、ベッドに膝をかけ、軽くではあったが腕に抱いてくれる。

「本当に悪かった。今まで無理をさせてただろう」

「そんなこと……！」

明菜も腕を持ち上げ、ぎゅっと佳久にしがみついた。その体のあたたかさに、不安は今度こそすべて消えていく。

「今度は心の結びつきだけじゃない。契約を解除して、本当の意味で、俺の妻になってくれるか」

しっかり抱きしめて言ってくれたこと。明菜の返事は決まっていた。

「はい……！」

涙声になったけれど、はっきり返事が出来た。

今度こそ、本当の意味での夫婦になる。

それはかたわらに置かれた書類によってではない。

佳久がそう望み、行動し、明菜に伝えてくれたことすべてが、二人を本当の夫婦にしてくれたのだ。

＊＊＊

「ここにサインを？」

明菜は渡されたペンを握って、書類の一部を指差した。

あのあと佳久は、そっと明菜を離して、椅子に元通り腰掛けた。

それで今、二人で書類に向き合っている。

「ああ。本当は印鑑だがな、サインでいい。早く出してしまいたいから」

「……そうだね」

佳久の言ってくれた、早く提出したいという言葉。

明菜も同じ気持ちだった。自然と微笑が浮かんでくる。

丁寧に自分の名前を書いた。

『辻堂 明菜』

今、自分は本当の意味でこの名前になれたのだと実感する。

「よし。じゃ、今夜これを親父に渡してくる。それですべて完了だ」

「うん。……ありがとう」

名前を書いた書類を佳久に渡すと、佳久は嬉しそうに顔をほころばせた。明菜もつられたようにはっきり笑顔になる。

「退院したら、一緒に飯をゆっくり食いたいな。お前が前に作ってくれたドリアがうまかったから、あれとか」

「なんでも作るよ。食べたいもの、なんでも言って」

こんな穏やかな会話はどのくらい久しぶりだろう、と思った。

このあたたかな空気は、本当の夫婦になれたことで、このあともずっと続いていくのだ。

そのとき、またノックの音が聞こえた。今度は佳久が「はい」と答える。

誰だろう、巡回のお医者さんか看護師さんかな。

明菜は思ったのだけど、「失礼します」と入ってきたひとにちょっと驚いた。

「明菜さんが入院されたとうかがって、お見舞いに……」

小さな花束を手にした女性。

見知った顔の彼女は、レースがついたベージュのコートを着ている。

だけど明菜の記憶とは少し違った姿だった。

「莉子《りこ》さん。わざわざありがとうございます」

佳久は椅子から立って、その女性を迎えた。

「……お義姉さん……」

明菜はぼうっとする思いを感じながら、義姉である莉子のことを呼んだ。

「あの、髪……切られたんですね」

「え？　あ、そうね。少し前にばっさり切ったの」

莉子は真っ先に髪のことを言われて、少し不思議そうにした。

けれど微笑でそう言って、髪にそっと触れる。

これまで強い印象があった、腰まで届いていたほど長い髪。今はボブカット。

「急にすみません。とてもお似合いでしたから」

明菜は笑ってしまった。すべて勘繰りだったのだ。

あのとき佳久とカフェに入っていった女性の後ろ姿と、今、ここにいる莉子の姿が綺麗に重なる。本当に、親しくて当たり前の存在だった。

「そう？　ありがとう。これ、お見舞いに」

明菜の褒め言葉に、莉子は笑みを浮かべて、花束を差し出した。

「ありがとうございます。春らしくてとても綺麗ですね」

明菜はお礼を言って、それを受け取る。

黄色と橙色のガーベラ。元気が出るような、明るく華やかな色だ。

「私だけでごめんなさいね。夫から、『お大事に』って伝えてくれって。来られなくて申し訳ないって言ってたわ」

すまなさそうに言った莉子。兄の話題が出て、佳久は苦笑する。

「まったく、兄さんときたら。相変わらず仕事ばかりなんだから」

「いいえ、お気持ちだけでとても嬉しいです」

明菜は笑顔で答える。莉子と義兄、二人の気持ちが込められた花束を胸に抱いた。

「明菜さん、あと数ヵ月で産まれるのよね。私たちもとても楽しみにしているわ」

そう言ってくれた莉子の微笑みに、明菜の胸があたたかくなる。

優しいひとたちに囲まれている、と思う。

佳久さんは勿論、実家のお父さん、お母さん、おばあちゃん。

佳久さんのお父さんとお母さんも、莉子さん一家も、もう私の家族。

数ヵ月後にお腹のこの子が加わったら、もっと賑やかになるだろう。

＊＊＊

「おお、動いたぞ」

明菜のお腹に手を当てていた佳久は、感慨深げに言った。明菜も体の中から同じように感じられたので、笑ってしまう。

「パパが触ったのがわかったんだよ」

あたたかな日差しの差し込むリビングのソファに腰掛けて、明菜と佳久は、穏やかな時間を過ごしていた。

無事に退院して、数週間が経った。

もう春も盛り。あと二ヵ月と少しでこの子も産まれてくる。

名実共に、本当の夫婦になってから、佳久は更に明菜を大切にしてくれるようになった。

産休を取って、家で過ごすようになった明菜。

佳久も家で落ち着ける時間となれば、そばに寄り添って過ごしてくれる。

明菜が「お仕事は？」と聞いても、「これ以上に急ぎの用なんてないさ」と一蹴されてしまうのだ。

でもそれもそうかもしれない。佳久も、この子の誕生を心から待ち望んでいてくれるのだから。

「明菜に似てかわいい子だといいな」

佳久は動いたお腹を再び優しく撫でながら、目を細めて言った。

お腹の子は女の子との診断だった。

どちらでも良かったのだけど、かわいらしい服を着せたり出来るのは楽しみかな、と明菜は思う。

「それは嬉しいけど、私よりかわいかったらどうしようかな」

ちょっと拗ねるように言ってしまう。佳久の返事なんてわかっているのに、こうして甘えてしまうのだ。

佳久に愛されていると実感出来たから、その気持ちが素直な言葉になっている。

「俺の気持ちが娘に移ったらどうしよう、って？」

佳久は手を離して、明菜を見て、くっくっと笑った。いつも通りの笑い方。

笑ったものの、触れていた手は明菜の腰に回した。そっと抱き寄せてくれる。

「そんなことがあるものか。娘を愛しても、俺が一番に愛してるのは明菜だ。ずっと変わらない」

「……嬉しい」

明菜は抱き寄せられるままに、佳久の肩に身を預けた。しっかりとした存在感とぬくもりは、明菜にいつでも安心をくれる。

佳久のくれるたくさんの愛は、これからは娘にも注がれるのだろう。

拗ねるようなことを言ったけれど、自分も娘も両方愛すると、佳久が言ってくれたのがとても幸せだ。

春の日差しがぽかぽかあたたかかった。

まるで二人の……いや、三人の未来を、優しく見守ってくれるように。


（完）

あとがき

はじめまして、白妙《しろたえ》スイと申します。お仕事で小説を書かせていただくのは、今回が初めてです。大変緊張しておりますが、嬉しくてなりません。

有難くもマーマレード文庫様にお声をかけていただき、こうして一冊の本として完成させることが出来まして、感謝が尽きません。私にとって、大切な一冊になってくれることと思います。

読者様も、この度はお手に取っていただき、本当にありがとうございます。楽しんでいただけましたらとても幸せです。

今回はOLとして働くいつも一生懸命な明菜と、敏腕外科医の佳久、二人のラブストーリーを書かせていただきました。

佳久は家柄も仕事もエリートで、外向きは人当たりが良く優しいのですが、本当はとても不器用で、なかなかひとに心を許せない性格です。そんな佳久が愛情深くて一途な明菜に出会い、変わっていけたのが、一番大きな成長ではないかと思います。

明菜のほうも、スタートは契約という素っ気ないものながら、持ち前の前向きさで二人の関係を素敵なものに育てることが出来ました。

二人がときにすれ違い、躓きつつも、ゆっくり愛情を育てていく過程を楽しんで書きました。愛の証も授かって、このあともきっと二人には、一筋縄ではいかずとも、とても幸せな日々が待っているのだと思います。その先のストーリーを、自分でも見てみたかったり……なんて思いました。

茉莉花《まりか》様にいただきましたカバーイラストもとても素敵で、胸が熱くなりました。実は自作の登場人物をイラストにしていただくというのは初めてで、明菜と佳久がそこにいてお話の中に生きているのだと実感し、幸せな気持ちでいっぱいです。佳久が明菜に触れる手つきや視線の優しさに、私まで見惚れてしまいました。

最後になりましたが、多くの方のお力添えでこうして発行まで辿り着くことが出来ました。なにもかも初めてのことで、右も左もわからない私を、ご丁寧に導いてくださったご担当者様、イラストをいただいた茉莉花様、編集部の皆様、編集・制作に携わられたすべての皆様に、厚く御礼申し上げます。

白妙 スイ

マーマレード文庫

お見合い夫婦は契約結婚でも極上の愛を営みたい

～策士なドクターの溺愛本能～

2022年5月15日　第1刷発行　定価はカバーに表示してあります

著者　白妙スイ　©SUI SHIROTAE 2022
編集　株式会社エースクリエイター
発行人　鈴木幸辰
発行所　株式会社ハーパーコリンズ・ジャパン
東京都千代田区大手町1-5-1
電話　03-6269-2883（営業）
0570-008091（読者サービス係）
印刷・製本　中央精版印刷株式会社

ISBN-978-4-596-70655-3

m a r m a l a d e b u n k o